NORTHWIND
鯨魚少年之歌

Gary Paulsen
蓋瑞・伯森 著
蕭寶森 譯

野人

WIND

NORT

故事盒子 69

NORTHWIND

鯨魚少年之歌

作者　蓋瑞・伯森Gary Paulsen
譯者　蕭寶森

野人文化股份有限公司

社長　張瑩瑩
總編輯　蔡麗真
副總編　陳瑾璇
責任編輯　陳韻竹
專業校對　林昌榮
行銷企劃經理　林麗紅
行銷企劃　蔡逸萱、李映柔
封面設計　周家瑤
內頁排版　洪素貞

出版　野人文化股份有限公司
發行　遠足文化事業股份有限公司(讀書共和國出版集團)
地址：231新北市新店區民權路108-2號9樓
電話：（02）2218-1417　傳真：（02）8667-1065
電子信箱：service@bookrep.com.tw
網址：www.bookrep.com.tw
郵撥帳號：19504465遠足文化事業股份有限公司
客服專線：0800-221-029
法律顧問　華洋法律事務所　蘇文生律師
印製　博客斯彩藝股份有限公司
初版首刷　2022年12月
初版 3 刷　2024年2月

國家圖書館出版品預行編目資料

鯨魚少年之歌：《手斧男孩》作者最後的冒險故事 / 蓋瑞・伯森 (Gary Paulsen) 作 ; 蕭寶森譯 . -- 初版 . -- 新北市 : 野人文化股份有限公司出版 : 遠足文化事業股份有限公司發行 , 2022.12
面；　公分 . -- (故事盒子 ; 69)
譯自 : Northwind.
ISBN 978-986-384-796-0(平裝)

874.596　　111016120

ISBN 9789863847960 (平裝)
ISBN 9789863847984 (EPUB)
ISBN 9789863847977 (PDF)

野人文化官方網頁　野人文化讀者回函

鯨魚少年之歌

線上讀者回函專用QR CODE，你的寶貴意見，將是我們進步的最大動力。

謹以此書獻給珍妮佛．芙蘭娜瑞（Jennifer Flannery）。她擔任我的經紀人已經三十年。我的幾部著作都在她的催生下才得以問世。

目次

大海之子的傳說

他是海之女所生的孩子，
落地時緊握著一團血塊，
　在他小小的拳頭中。
那是一個徵兆。
預示他一生將遭逢的艱辛與險阻，
　來自他小小的拳頭和那團血塊。
他的母親死於難產，她的名字已沒人記得。
　他的父親也在和一條鯨魚搏鬥後
　去了瓦爾哈拉（VALHALLA）*，
　他的名字同樣沒人記得。
由於沒有其他親人
　男孩便成了孤兒。
舉目無親。

一個人生活在碼頭上，靠著吸吮浸泡在酸羊奶和魚油中的破布活命。

吃的是別人嚼軟了的殘羹剩飯，

身上穿的是破爛的衣裳，

腳底踩的是粗陋的木鞋，

成天打著赤膊。

他就是「那個男孩」。

沒有名字的「那個男孩」。

接著人們稱他為「碼頭鼠」並將他取名為「雷夫」，

因為碼頭上沒有其他人叫這個名字。

當他逐漸長大，學會走路時，

＊北歐神話中，死亡之神奧丁款待陣亡戰士靈魂的殿堂，又稱為「英靈殿」。

他們便將他帶上船。

從此便輾轉於一艘、一艘又一艘船之間。

他不再是名叫雷夫的「碼頭鼠」，

而是被稱為雷夫的「船鼠」。

當他能用雙手幹活時，

他們便要他縫補魚網。

把裂開的網子和破掉的衣服縫好，

把用來刺殺海豹的魚叉磨利。

如果做得不好，他們就用木棍揍他。

同時，他們也叫他烹煮滑溜溜的鰻魚肉給水手們吃，

因為這種肉很軟，他們暈船時很容易就能吐出來。

他們越過一座又一座海洋，

之後便朝著北方航行，

但不是為了獵捕鯨魚（牠們很難捕殺），
而是要尋找海豹，因為海豹的肉富含油脂，
因為海豹的皮毛光澤閃亮，一如金屑。
而且北方的海豹毛皮最為厚實溫暖。
其後男孩逐漸長大。從他五歲到十二歲的夏天，
他被帶上了一艘又一艘的船，
導致他入睡後總是夢見自己在海上航行，卻分不清是哪片海域。
醒來後，他仍舊有這種感覺。
日復一日，他的生活一成不變，除了大海，便是船隻、鰻魚肉（他已經學會如何把它們吐出來了）、嘔吐物和挨打。
冬天來臨時，冰冷的大海被狂風吹得波濤洶湧。
有時天氣冷到船員們的手指被凍得發黑，不得不切除。
這時，男孩就會為他們塗油，讓斷指上的傷口得以癒合。

他很驚訝地發現他們在幾乎沒有手指頭的情況下仍能照常工作。他們不停地朝著北方前進，尋找那些如同黃金般閃亮的毛皮。途中他們轉進了東邊一座寬廣的海峽，來到一處林木茂密的荒野，並在一個荒僻的河口設置了一座捕魚營地。之後，他們就駕船離開了，留下了雷夫和四個衰殘的老人（其中一位名叫「老卡爾」）以及一個被當成奴隸的小男孩。

小男孩是他們從一艘捕鯨船那兒買來的。他的母親是一個碼頭女工。她在隨船前往外地的途中生下他，不久就過世了。船員們將她海葬後，便用魚醬和死去的母海豹的奶餵他，直到他學會走路為止。但由於他的母親已經不在，船員們不希望船上有小孩，便將他賣給別人，換得一捲厚帆布。

小男孩沒有名字，那些人便管他叫「小卡爾」。

這些被留在捕魚營地的人，要負責在那艘船前往北方捕捉海豹期間，在河口捕撈鮭魚並將牠們的肉用煙燻後保存。

於是，他們抓了好幾百條銀鮭，將魚肉切割後放在手工打造的架子上燻製，直到有了足夠的燻魚，能讓一整艘船的船員食用至少六個月為止。

他們等了一天又一天，但那艘船一直沒回來接他們。

他們知道那一帶的海岸風浪凶險難料，船隻隨時可能撞上海岬而翻覆，逐漸地他們意識到那艘船再也回不來，船上的水手們都到了瓦爾哈拉。

如今，只剩下他們這些人了。

要離開這個地方，必須經由海路。

他們有一艘小獨木舟，是為了在溪流中捕撈鮭魚而用一根雪松木挖鑿而成的，但他們人數太多，獨木舟太小，根本坐不下，便決定建造一艘大型獨木舟，以便載運所有人。他們砍了一株巨木，連滾帶拖將它運回了營地。

但獨木舟還沒造好，死神便已找上門。

失去影子的人

沒人確切知道那艘陰暗的船是何時到來。事實上，一開始他們根本沒看見那艘船，僅憑著氣味斷定它在那濃霧中。

空氣中瀰漫著死亡的惡臭。

那是一股暗綠色的惡臭霧氣，夾帶著燒焦、腐爛的油脂氣息從濃霧中傳來，飄上岩岸，漫過那艘以雪松木製成的獨木舟，飄進他們用樹皮搭造的避難小屋，飄過一切，進入屋裡的每個角落，鑽進那些熟睡之人的鼻孔中，使他們統統醒了過來。

那是死亡的氣味。

這氣味來自一艘又黑又醜的大木船。船帆鬆垮地垂掛在桅杆上，形成一圈圈的皺褶，上面汙漬斑斑。大木船來自霧中，隨著霧氣笨重地往前漂移，看起來幾乎是霧的延伸。

四下無風。連一絲絲微風也沒有。但這艘船卻悄無聲息地移動著。想必大木船是來自外海，在潮汐推移下沿著水道緩緩前進，最後決定來到位於捕魚營地前方的這座小海灣。

大木船停了下來，看似有意，卻又無心，彷彿只是偶然停駐。船的甲板上血漬斑斑，散發出腐敗血塊以及小型鯨魚、海豹和海豚等動物的脂肪臭氣，宛如由穢物所發出的一陣無聲吶喊。

除此之外，還有即將死去並腐爛的人身上所散發的氣味。

有那麼一會兒工夫，四下一片靜寂。連盤旋在烘肉架上方的烏鴉和渡鴉也不再聒聒啼叫。夜色褪去，天色漸明。當一縷縷迴旋盤繞的灰色霧氣緩緩消散後，眾人終於看見了那股臭味的來源。那是一艘看起來很沉重的矮胖大船，停泊在小海灣中，船頭倚著岸邊的岩石，無聲無息，令人毛骨悚然。

然後出現了四個男人。

他們的模樣粗野、骯髒，而且渾身發臭，就像那艘船一般。那四個男人從船側放下一艘工作艇後，便從大船上爬下來，進入小艇。一個男人操著雙槳，把小艇划到卵石海灘旁，讓小艇停在岸邊，接著另外三人便吃力地爬上岸。

後來，營地裡的人說，這幾個男人似乎是用那艘船的碎片做成的。這四個男人身上骯髒得難以形容，容顏憔悴一如老木，身軀瘦成了皮包骨，眼睛通紅，眼窩凹陷。當他們咧嘴一笑，向眾人致意時，露出了稀稀疏疏的牙齒。

說也奇怪，這四個男人雖然模樣難看，卻並非凶惡之徒。不過，他們看起來非常衰弱，幾乎無法站立，連話也說不清楚，無法表達他們的需求。事後，營地裡的一位老人指出，他們說話時舌頭彷彿被稀疏的牙齒絆住了，所以只能發出一些咯咯的聲音，令人難以理解。

「聶特。」其中一人一邊搖頭，一邊說道。接著他又朝著大海的方向揮手，繼續結結巴巴說著讓人聽不懂的話。

「達。」另一個人一邊點頭，一邊指著岸上森林附近的某個東西說道。營地裡的人出自禮貌全都仰頭凝視那個方向，卻什麼都沒看到。

之後情況並未改善，雙方依然無法交流。那四名虛弱的水手搖搖晃晃地站著，營地的人則站在縹緲的霧氣中看著他們，一句話也沒說。一切似真非真，似實若虛，這些外來者也似人非人。

後來潮水再度湧入小海灣，那艘大船隨著水流往外漂，那幾位船員見狀連忙趕回大船上。只見他們腳步蹣跚，還差點跌倒。

很快地，那艘船便駛進茫茫霧氣，消失無蹤，彷彿它不曾來過，不曾被看見、聽見，甚至不曾散發任何氣味。

它就這樣消失了。

從此再也沒人看過那艘船。

「那些人是幽靈。」營地裡的一名男子表示。眾人一致認同。

「他們是迷霧幽靈，是來自黑暗世界的鬼魂……」

眾人畏懼地看著剛才那艘船停泊的地方，不由自主地打著哆嗦，彷彿有一陣寒冷陰暗的風吹過他們身上。

那是來自死亡國度的風。

「他們是失去影子的人。因為犯了大錯，所以失去自己的影子。」營地裡年紀最大的老卡爾說道，然後朝著天空揮了揮手。「他們必須找到自己的影子，才能再度成為一個人。完整的人。他們必須永遠乘著那艘死亡之船到處漂流，但因為他們不可能找到自己的影子，所以……」

老卡爾沒把話說完。事實上，他也沒有必要說完。

雷夫希望老卡爾能往下說，而且他還不懂什麼叫做沒有禮貌，便繼續追問：「如果那些人找不到自己的影子，會發生什麼事呢？」

「他們會帶來不幸。」老卡爾說道。「他們會用他們的骯髒毀掉所有歡樂，帶來苦難。」

由於老卡爾是大家公認的智者，因此所有人都認為他說得對。眾人知道：即使再也見不到那艘死亡之船，即使燻魚時的火焰驅散了那艘船和那些活死人的惡臭，必然還是會有壞事發生。

來自那暗黑之地的厄運，將會像霧氣一般悄悄降臨。

結果八天後，就有人生病了。

起初是兩個人。

他們的身體開始發熱，感覺很不舒服，接著就發起高燒，變得異常虛弱，連站都站不起來。最後他們只好爬進小屋躺下，一動也不能動，而且一直流汗。其他人試圖給他們吃點東西，但他們卻連熱魚湯都會吐出來，後來甚至連水也喝不下去，接著就開始吐血。到了第二天，他們兩人的靈魂幾乎同時離開了身體。

他們死了。

之後，那個負責照顧他們的人也開始發燒並且倒地不起，接著他的靈魂也離開了身體。

他們三個都死了。

但事情尚未結束。

這疫病就像火焰延燒整個營地。不久，老卡爾也發燒了。

老卡爾開始吐血前，就把雷夫和小卡爾帶到獨木舟那兒，要他們倆帶著一些食物和補給品離開。

「往北方去吧。」老卡爾奮力把獨木舟推離海岸，一邊吩咐他們。「那些沒有影子的人把劇毒散播到這裡的空氣中了。你們要往北走，去那空氣沒受汙染的地方，去那水道窄得連死亡之船也過不了的地方。你們要一直往北走，永遠不要回來。」

雷夫問：「那你怎麼辦？你不能和我們一起走嗎？」雷夫喜歡老卡爾，以自己的方式愛著他，而且雷夫內心深感恐懼，不敢離開這座營地，進入他從未去過的荒野。

「這裡的人都會渡過那座橋，到瓦爾哈拉去。我已經病了，但你和小卡爾都沒發燒，所以你們必須離開。你們要脫離這裡的髒空氣，離開這個不祥的死亡之地，別掉頭，別回來，甚至別回想過去。快走吧！」

老卡爾說完便轉身離開，回到營地。雷夫永遠記得當時他走路的模樣。儘管他正走向生命的終點，儘管他將走過那連結死後世界的精靈橋，進入瓦爾哈拉，但他的身形挺直，看起來無比高大。

潮水轉向，開始往外流時，獨木舟便隨著往前漂。當獨木舟繞過一座向外凸出、林木繁茂的海岬後，雷夫再也看不到那座小海灣和他們的營地了。

過了小海灣，獨木舟便進入一條水道，裡面的水正朝著北方流動。雷夫拿起槳，用力划著船側的海水，讓獨木舟往前行進。他心中既害怕又悲傷，但並未哭泣，也沒有哽咽，因為小卡爾正看著他。雷夫心想，在小小孩面前，他不該哭泣或露出恐懼的神色。

老卡爾將獨木舟推離海岸時仍是清晨時分。現在太陽出來了，照得他們裸露的背脊暖呼呼的。雷夫用力地划著槳，彷彿可以藉此緩解心中的哀傷、痛苦與鄉愁。

小卡爾還太小了。他發現自己沒力氣操作另外一支槳，便吃了一小塊燻魚，然後蜷縮在那捆補給品旁睡著了。

雷夫繼續划著槳。儘管獨木舟已經飛快隨著潮水往前，他還是賣力划著；雖然他的肩膀已經發痛，手臂也麻木到彷彿不是自己的，但他仍舊划個不停，而且一划就是整天。

有一次，他們看到陸上有條小溪從森林的岩石縫中流出，便停在小溪下方，坐在獨木舟裡用手掬起那甜美清涼的溪水飲用，再繼續划行。

那一整個下午，雷夫跟小卡爾一直沿著那條寬闊的水道往北走，陽光照在他們的肩膀上。雷夫把船划進一座狹小的海灣，將纜繩繫在一棵小樹上。他決定在獨木舟裡睡一下下，因為每年到了這個時節，夜晚極其短暫，而且他實在太疲倦了，懶得生火。

然而，雷夫睡不太著。因為小卡爾一直翻來覆去，雖然沒有說話，卻一副泫然欲泣的模樣，而且總是一語不發轉過身去，背對著他。雷夫摸了摸小男孩的額頭，似乎有些發熱。由於營地那些染病的人都說，他們最早的症狀是額頭發熱，於是雷夫摸了摸自己的額頭以便比較，但他感覺額頭的溫度沒比他的手溫高，便把槳橫跨在獨木舟的兩根橫梁上，背靠著槳，半睡半打盹地度過了那個夜晚。

天色並未全黑。夜裡森林安靜得出奇，鳥兒和松鼠們都沒發出聲音，直到雷夫在黎明醒來，才聽到幾隻渡鴉在咯咯叫。雷夫坐起身來，伸了伸懶腰。夜裡他睡得很不安穩，做了個陰鬱的夢，清醒後卻完全想不起夢境的內容。雷夫搖了搖頭，想擺脫那種感覺。

船上仍有不少燻魚。雷夫已經餓了，便撕了一大塊送入口中，然後轉身看著小卡爾。

那孩子已經醒了，但還是一句話都不說，連雷夫的問話也不回答，只是目光空洞地注視著雷夫，也不肯吃東西，而且額頭摸起來明顯比之前更熱。雷夫明白小卡爾生病了，卻不知該如何是好。後來，雷夫用少許冰涼海水潑在小男孩的額頭上，想把溫度降下來，另一方面則努力抑制心中的恐懼。在營地裡的人相繼死亡期間，這種恐懼一直盤據在雷夫心頭，現在更是如影隨形。雷夫感覺他夢裡那隻可怕的隱形怪獸已經追上了他們，即將飛撲過來，把他和小卡爾吃掉。

老卡爾要他們往北走，到空氣未受汙染的地方，於是雷夫解開繫在樹上的纜繩，再次出發。他拿著槳，像挖土一樣往前划水，用力地划、賣命地划。雷夫划得很深，彷彿在挖掘一座墳墓。

潮水出了小海灣後便進入一條更大的水道，流向北方，雷夫便順著潮水划呀划。

划呀划。

他祈禱在北方某處，真有老卡爾所說的「未受汙染的乾淨空氣」。船槳在水中飛快划動，讓這艘美麗的雪松獨木舟彷彿有了生命。它要脫離有毒的空氣，去追尋生命。

往北走。

雷夫馬不停蹄地划著。雖然手臂、肩膀和背都疼痛不堪，他還是將船槳划得又深又遠。將近黃昏時分，雷夫發現自己愈來愈虛弱，身子也愈來愈熱。他知道自己也發燒了。

雷夫放下船槳、倚著船身，任由獨木舟隨潮水漂流，然後像小卡爾那樣，把胃裡那些帶著血絲的魚肉和膽汁吐進海裡。雷夫再也沒力氣反抗了，癱倒在地，任由熱病將他吞噬。

各種意象在雷夫的思緒和夢境中繚繞盤旋。最後，他終於進入了一個沒有空間、沒有時間、沒有任何事物的地方。

什麼感覺都沒了。

他解脫了。

大海母親與鯨魚兄弟

雷夫陷入了昏迷狀態……

有很長一段時間，雷夫以為自己死了，以為他到了那個位於暗黑國度，那個令人無從知曉也無從理解的地方。在那裡，他所認定的真實事物都不存在，讓他也失去指引，回不去他所熟知的那個世界。

在這段時間裡，雷夫並不存在。沒有夢、沒有回憶，過去的一切都消失了。

他就這樣毫無知覺地躺在獨木舟裡面，不知過了多久。白天逝去，夜晚降臨，然後又過了一天一夜。這段期間，獨木舟一直隨著潮水四處漂流。雷夫不停地嘔吐，身上沾滿了自己吐出來的穢物，因為他太過虛弱了，連把頭抬起來往船外吐的力氣也沒有。

有一次，雷夫的眼睛睜開了一會兒，這時陽光正好照在小卡爾身上。雷夫看到那小男孩臉色灰白，靈魂已經過了橋，但他卻什麼也不能做。此時此刻，雷夫動彈不得，渾身骨頭都痛苦不堪，痛到讓他的意識再度落入黑暗深淵。

他動也不動。

腦筋一片空白。

在昏迷的狀態中，雷夫聽到一陣粗重的呼吸聲，但他並不知道那是一小群黑背白肚的鯨魚。牠們來到獨木舟旁，用鼻子輕輕頂著船兒玩耍，把它推過來又推過去。幾隻小鯨魚相繼探出水面，好奇地俯視雷夫和小卡爾的屍體，但對他們顯然沒什麼興趣。一聽到鯨魚媽媽出聲叫喚後，小鯨魚們就再度潛入水中游走了。

小鯨魚最喜歡玩耍。牠們不認為眼前這艘獨木舟會帶來任何危險，只把它當成一個完美的玩具，因為它是如此輕盈，小鯨魚們只要用鼻子一頂，就能使獨木舟像羽毛一樣在海上漂移。沒過多久，小鯨魚們又回來了，仍像剛才那般把獨木舟推來推去。牠們很喜歡這種類似拋接的遊戲。無論牠們碰到的是一條大魚、一小塊木頭，或是一隻小海豹，小鯨魚們都會用尾巴將它們甩過來又甩過去，彼此拋接。

小鯨魚們就這樣不斷推著雷夫的獨木舟，使它在那平靜的海面上漂來漂去，最後牠們終於來到一座四周都是樹木的小海灣（這附近大概有好幾千個這樣的海灣）。一隻鯨魚媽媽終於受不了，便游了過來，鼻子用力一頂，將獨木舟推上那座遍布岩石的小岩灘，並且把小鯨魚們都趕走，以免牠們在海灘擱淺。對這些還不知天高地厚的小鯨魚來說，擱淺在岸上是很危險的，牠們有可能被困在那裡慢慢死去。看到鯨魚媽媽那麼著急，小鯨魚們便聽話地離開了小海灣。

於是只剩獨木舟了。

獨木舟橫陳在岸上，有種奇特的美感。這艘船是用一根沒有樹瘤紋路的直紋雪松木做成的。造船的人先用火燒和斧砍的方式把樹幹的中心挖空，然後又在外部進行雕鑿，將它做成一艘船壁很薄、線條流暢的美麗獨木舟。船首狀似一顆頭顱，上面刻著兩隻精靈般的眼睛，看起來頗為優雅。船側的木頭也經過細心雕刻，在陽光照射下會呈現出溫暖的紅粉色澤，看起來簡直有了生命。

從外觀來看，這艘獨木舟可說是一件美麗的藝術品，不僅優雅，還帶著一些歡樂的氣息，但它內部的景象卻有如噩夢可怕怪誕。

小卡爾已經死了。他那僵直的屍體躺在船頭，身上沾滿他自己的嘔吐物以及從他肛門裡流出來的血塊。雷夫則趴在不遠處的船尾，雖然仍有微弱的呼吸，但蜷縮著身子不省人事，看起來也像死了一般。雷夫的周遭同樣一片狼藉，到處都是他吐出來的魚肉碎屑，上面還摻雜著淡淡的血絲和膽汁。

有一段時間雷夫分不清自己的靈魂是否已過了精靈橋，有時甚至不知道活著是什麼滋味。偶爾雷夫會想到死去的小卡爾和營地裡的那些人。他們都死了，雷夫卻還有一口氣在。為此，雷夫深感羞愧。

他發著燒，神智錯亂，感覺天旋地轉，有如置身噩夢。雷夫心想他可能已經死了，但他因為心懷歉疚，並不在乎死去，甚至還欣然接受。

然後，天上開始下起雨來。

這一帶森林茂盛蒼鬱、巨樹參天，而且草木濃密，因此這裡經常下雨，人們行走其中，可能一連好幾天都看不到天空。雨水落下後便匯聚成小溪，從岸邊岩石的隙縫流出，水質清新而冷冽。從秋天到冬天，雨總是下個不停，直到開始降雪時才會停歇。

春末和夏季時分雖然偶有暴雨來襲，但通常不持久。那天下在獨木舟上的就是這般暴雨。

這場潔淨、清涼的傾盆大雨，把地上的一切都沖洗乾淨，也讓昏沉沉的雷夫恢復意識。沒過多久，他的意識更清醒了。

雷夫開始有了知覺。

生病後，雷夫無法思考，也失去了時間感，只感覺身心都不斷往下沉，最後便如遭到重擊一般倒下，俯臥在船底的穢物中。

雷夫吃力地睜開眼睛，稍微抬起頭，便看見小卡爾那具了無生氣的軀體。原來這不是夢。之前雷夫神智不清時，以為這只是個噩夢，現在卻發現原來小卡爾真的死了。

雷夫心想，他得做點什麼。

他試著起身，卻發現自己虛弱得出奇，全身肌肉都疼痛無力，彷佛破布一般垂在骨架上。

雷夫告訴自己一定要振作，非擠出一絲力氣來不可。

於是，他再度撐起身子，把一隻手臂伸到了獨木舟外面。喘了一口氣後，他再度使勁，用手肘勾住船側。

接著，他再次把身子撐起來，並且用力一扭，先把上半身探出船外，接著兩條腿也跟著翻出去，然後他就像一袋泥土般滾到了卵石海灘上。

雷夫並不知道鯨魚媽媽在他神智未清時將獨木舟推上岸，因此有些訝異獨木舟怎麼會被沖到岸上。雷夫從獨木舟距海較遠的那側翻出去後，先躺在地上讓自己喘口氣，然後使盡力氣拖著身子爬行，繞過船尾，進入水中。

雷夫躺在淺水處，讓自己浸在那清涼美妙的海水中，用雙手反覆搓洗身子，讓海水將身上的血漬、糞便和嘔吐物帶走，直到感覺皮膚變得乾淨為止。

「讓大海媽媽把這一切帶走吧！」雷夫在腦海裡吟誦著。

「把它們帶走吧！」

「帶走吧！」

「讓大海媽媽把這一切帶走吧！」

雷夫終於把自己洗乾淨時，他的身子也發冷了（畢竟北方海水向來冰冷）。他爬回獨木舟那兒，用手撐著船身，勉強站了起來。

但雷夫仍然很虛弱，站起身來搖搖晃晃，於是用手扶著船身邊緣來穩住身子。

這時，雷夫又看到了小卡爾的屍體（這幕景象後來不時浮現在他腦海中）。雷夫試著將屍體抬到獨木舟外面，可是就算小卡爾的體重在病痛的折磨下已經變得很輕很輕了，但雷夫還是抬不起來，只能搖搖晃晃站在那兒。

雷夫痛恨自己如此虛弱。

痛恨自己雖然活了下來，卻什麼事也做不了。

此刻，雷夫不僅肚子很餓，口也很渴。明明他之前在海裡洗澡時已經喝了幾口海水，可是那味道雖然很好，卻因為含有鹽分，無法解渴。於是雷夫步履蹣跚地走到一條小溪（那裡有幾十條這樣的小溪，是暴風雨過後由高處流下來的雨水所形成的），在小溪旁跪了下來，用雙手掬起那清澈的、幾乎帶點甜味的溪水喝著，直到他不再感到口渴為止。

雷夫再度起身，走回獨木舟處。雖然跨出每一步都還是非常辛苦，但跟先前相比已經輕鬆些了。船上仍有好幾條燻魚，就綁在老卡爾為他們準備的那捆補給品上面，因此沒沾到船底的穢物。雷夫撕下幾塊火紅色的魚肉，狼吞虎嚥地吃下，但馬上就吐了出來。接著他又試著吃了一些，這次小口小口地細嚼慢嚥，終於不再嘔吐了。吃完後，雷夫再度回到溪旁喝水。他感覺溪水和魚肉讓他又長出一些力氣。

雷夫回到獨木舟那兒。

回到小卡爾身邊。

雖然雷夫依舊虛弱，但已經有了一些力氣，於是把手伸進獨木舟，分成幾個步驟把小卡爾抬到船外，然後又跌跌撞撞地抱著小卡爾走到水邊，清洗他的軀體，把他身上的那些穢物刮掉，就像雷夫在清洗自己的身體一般。好不容易清乾淨後，雷夫就用老卡爾塞在那捆補給品裡的一條柔軟粗毛毯子把小卡爾裹起來，再小心地放在地上。

雷夫倚著獨木舟坐在屍體旁，不知道下一步該做什麼。在營地時，眾人決定把死人的屍首統統放在小屋裡面，然後放火燒掉。他們認為，這樣做有助於淨化那些失去影子的人所留下的毒空氣。但雷夫實在不忍把小卡爾的屍體燒掉，也不想把它留在這裡，因為無論雷夫把小卡爾藏得多好，最後那些熊還是會找到，然後……

所以雷夫必須……

必須怎麼做呢？

他得想個更好的法子……

必須找一個熊到不了的地方。

必須找一個能讓小卡爾的靈魂被死亡之神奧丁（Odin）*發現，讓他得以安息並且不會被打擾的地方。

一個專屬於小卡爾的地方。

什麼樣的地方呢？要把小卡爾放在哪裡才安全？

雷夫突然想到：他可以找一座小島。他一定能在某處找到一座偏遠的小島，一座安全的小島。這樣，小卡爾的靈魂離開身體後，在前往瓦爾哈拉之前，就能在那裡安靜休息。雷夫知道小卡爾的靈魂一定會到瓦爾哈拉的，因為所有在戰鬥中犧牲的戰士都會到瓦爾哈拉，而小卡爾已經勇敢地和病魔搏鬥了。

更何況那一帶有多到數也數不清的島嶼。根據傳聞以及老卡爾的

* 奧丁是北歐神話中地位最崇高的神，祂既是死神、戰神，也是風暴之神。

說法，連他們西邊那塊廣闊的陸地本身也是一座巨大島嶼。雖然它的面積大到人們花上一個星期都走不完，雖然它的長度無法測量，但它仍是一座島嶼。

可是這座島太大了。它本身就是一塊陸地，上頭有熊、狼、獅子、老虎等動物。這些動物會悄悄地、緩緩地在樹林間穿梭，最後就會找到小卡爾的屍體。

如果能找到一座小島就好了。

一座遠離海岸的小島，一座遠到讓熊和狼都懶得游過去的小島，一座專屬於小卡爾的島。

有了目標後，雷夫感覺自己更有力氣了。於是，他便把那捆補給品以及那幾條燻魚從船裡搬出來，放在小卡爾的屍體旁，然後又慢慢把獨木舟轉過來，拖進水裡，並將船身傾斜讓海水進入船裡，再用雙手不斷地來回潑水，把船裡的穢物清洗乾淨，直到獨木舟看起來幾乎像新的一樣。

接著，雷夫把水放掉，把船擺平，將小卡爾、補給品以及備用槳放回船上後，自己也爬了進去，再用槳把獨木舟推到水裡。等到船下水之後，他便將船掉頭，用力划水。於是獨木舟開始往前行進。

現在，雷夫有事可做了。

他終於有了一個目標。

「我要為小卡爾找一座島。」

小島

雷夫發現，要找到一座小島並不困難。因為這裡有許多小島，就坐落在西邊那座巨大島嶼和東邊那座永遠照不到落日的森林之間的水道上。

但要找到合適的小島卻不像雷夫預期中那般容易。儘管他在喝了水、吃了東西、也有了目標之後，已經有了一些力氣，但仍未恢復正常，所以很快又變得虛弱。此外，雷夫除了要不停划船，還得和那些島嶼周遭不停變換方向的潮水對抗，因此他的體力很快就耗盡了。最後，雷夫甚至感覺他的雙臂就要脫離他的身體，腰也直不起來。

當雷夫再也划不動時，便往後一靠，讓自

己休息一下，任由潮水帶著他們前進。他知道現在船的靈魂已經和小卡爾以及他自己的靈魂合而為一了。雷夫心想，這船是有眼睛的。既然獨木舟的靈魂已經和我們的靈魂合而為一，那就讓它來帶路吧。

就讓他們體內諾斯人（Norse）*的靈魂去找到那座小島吧。

此刻，陽光照在雷夫的背脊和肩膀上。他倚著船尾，閉上眼睛，讓自己在溫暖的陽光以及滔滔水聲中小憩片刻，讓思緒慢下來，讓頭腦休息，讓自己得以從疾病中復原，敞開心靈享受當下。他已經好幾天都沒好好聆聽周遭的聲音了。

雷夫聽到渡鴉不停地叫著，聲音低沉，彷彿在訴說雷夫和獨木舟以及那些靈魂的故事。渡鴉和烏鴉總是相伴相隨，但是烏鴉的啼聲喧

* 諾斯人（Norsemen）是指中世紀早期從北方南下到西歐的日耳曼民族，知名的維京海盜也屬於諾斯人底下的分支，雷夫與他的同伴都是諾斯族人的後裔。

鬧刺耳，彷彿要把空氣劃破般，而且總帶著一股怒氣，不過偶爾也具有警告的意味。

松鴉的叫聲粗嘎短促，彷彿在咒罵著誰。

紅松鼠的叫聲永無止歇，聽起來永遠像在大驚小怪。

獨木舟一路隨著潮水前進。森林與大海的聲音從四面八方湧來，在雷夫周遭盤旋繚繞，匯聚成一種飽滿的樂音，滋養他的心靈。海中螃蟹發出的卡嗒聲，以及遠處鯨魚傳來的輕柔嗚咽聲，則有如一首舞曲，一波波地愈來愈響亮。雷夫只要閉著眼睛，就可以沉浸在這壯麗的聲響中。

但忽然間，獨木舟好像撞到了什麼，慢慢停了下來。雷夫睜開眼睛，發現那些聲音又變成一個個音符、一聲聲啼叫，不再有節奏可言，而他的獨木舟正停在一座小島邊。

這是一座完美的小島。它的面積很小，坐落在大水道的中央，而且形狀渾圓。有許多松鴉、烏鴉和渡鴉棲息在島上的大樹上，而且牠們全都在聒聒啼叫，抱怨著高處的一座鷹巢。這座鷹巢位於一株雄偉的雪松枝枒間，裡面住著幾隻身形巨大、有如禿子般的白頭老鷹。儘管這些老鷹除了魚類和腐肉之外，幾乎什麼都不吃，但大多數鳥兒還是很討厭牠們。渡鴉和烏鴉甚至經常在老鷹飛行時加以攻擊，企圖把牠們的眼珠啄出來。老卡爾曾說過：這些小鳥之所以會這麼做，是出自忌妒，因為牠們的體型太小，無法像老鷹那般飛到高空翱翔。

雷夫心想，在這座完美的小島上，小卡爾的靈魂絕對不會孤單，而且這座小島和附近的陸地相距甚遠，熊和狼絕不會花費時間與力氣游到這兒來。

雷夫爬上岩岸後便將獨木舟也拖到岸上，然後輕輕將小卡爾的屍體抬出來，抱到樹林裡找一處潮水淹不到的地方。雷夫先在一棵高大的雪松樹下取了一些松針鋪在地上，做成一張柔軟的墊子，才小心翼翼地放下小卡爾。之後雷夫又把更多松針堆在小卡爾的身軀四周，做成像一張床，像一個溫暖而柔軟的搖籃。

接著，雷夫再度走回獨木舟那兒，拿了剩下的一半燻魚，放在小卡爾旁邊，好讓小卡爾的靈魂在前往瓦爾哈拉的路上有東西可吃。然後，雷夫又把一條毯子蓋在小卡爾身上。

那一整天，雷夫到處搜尋又扁又圓的石塊，將這些石塊放在小卡爾的身上和四周，為小卡爾造了一座庇護所。完工後，雷夫又來回海邊多趟收集其他石塊，再小心翼翼、費盡心思地，在小卡爾的墳上砌了一個幾乎像雷夫那般高的圓錐形石堆。

雷夫知道這個石堆將成為這個地方的永久標記，標示一位偉大的少年戰士的長眠之地。小卡爾曾經英勇地和那些失去影子的男人所留下的有毒空氣搏鬥，贏得了進入瓦爾哈拉的權利。

在這個地方，小卡爾的圓錐形石堆將永存不朽。

永永遠遠。

完工後，雷夫已經筋疲力竭，身子才剛靠在石堆上休息，不一會兒就沉沉睡去，直到隔天陽光照在他臉上時才醒來。這時雷夫突然想到：接下來他該為自己做點什麼了。

於是雷夫走到獨木舟那兒，拿出剩餘的補給品攤在地上。之前那場疫病使他陷入混亂、痛苦、哀傷的狀態，後來他又因為小卡爾的死亡而深感悲痛，因此並未考慮到現實的層面。雷夫一直以為自己要死了，而且已經做好死亡的心理準備。

但他並沒有做好活下來的準備。

現在該是時候了。

當初老卡爾並沒有多少時間可以準備航行所需的物品。那段期間，營地裡瀰漫著有毒的空氣，成員們相繼染病，一個個有如被某種無形武器砍殺般地倒下。死亡來得如此突然，令人驚駭。那些負責照顧垂危患者的人，自己也很快就染病而亡。他們一個個死得如此之快，以致老卡爾根本沒時間把雷夫所需要的東西準備齊全。

雷夫低頭看著眼前他所擁有的物品。

首先，是一把手斧。那是老卡爾從前在船上使用的工具。此外，還有他掛在腰帶上的一把匕首，刀柄是木頭做的，鋒刃已經磨損了，原本有人要把它丟掉，但老卡爾給了雷夫。雷夫從沒見過他的爸爸，因此有時不免會想念，就像他想念他那位從未謀面的媽媽一般。老卡爾告訴雷夫：「你沒有父親，得不到他送你的匕首，所以我這把匕首就給你了。」

除了手斧和匕首外，他還有一只銅鍋、四個魚鉤（插在一捲有凸紋的編織繩索上）、一個用來叉魚或海豹的四叉矛頭、兩條氣味濃重的羊毛毯子（上面散發著從未洗過的羊毛氣息、男人的體味、魚腥味和海風鹹味），以及一個小小的皮袋子。袋子裡裝著用來生火的器具，包括一截堪比大塊頭男人的手指般粗長、經過錘鍊的鍛鋼，以及一塊邊緣鋒利的橢圓形黑色打火石。此外，還有一件用來禦寒的短風衣，那是用沒洗過的羊毛織成的，因為織工緊密，羊毛上又有油脂，因此幾乎不會透水。

除了這件上衣，雷夫就只有身上穿的這套衣服了，其中包括一件質地粗糙、破爛不堪的棉質長褲，以及一件帆布製的上衣。這套衣服由於經常浸泡在海水中，料子已經變得又硬又不舒服，而且無法保溫禦寒。如今雖是初夏時節，但秋冬將會相繼降臨，這些輕薄的衣服根本無法保暖。

但這些衣服、工具和補給品便是雷夫僅有的一切了。

不對，還漏了一樣最重要的東西。他並不孤獨。

雷夫還有這艘獨木舟以及它的精靈。它們會陪伴他。

它們已經為小卡爾找到這座完美的小島。以後也會助他一臂之力。

想到這裡，雷夫便站起身來，朝著獨木舟走去，但他心中有某個部分其實並不想離開這座屬於小卡爾的島。雷夫停下腳步，但心中其實有些納悶，不明白自己為何想留下來。

他還有事要做，雷夫心想。

他要唱歌。

突然間雷夫的腦海浮現了這個想法。

他應該唱一首歌向小卡爾致敬……

於是，雷夫走回放補給品的地方，拿出那個裝著打火石和鍛鋼的皮袋子。他之前在樹林裡時曾經看到，那圓錐形石堆後面有一棵已經腐爛的倒木。雖然它的樹幹又粗又溼，燒不起來，但雷夫知道那下面有他需要的東西。

樹幹下的泥土非常柔軟，雷夫挖呀挖的，不一會兒就挖到了地松鼠留下的巢。他聞了一下，發現上面並沒有新鮮松鼠尿的氣味，可見最近沒被使用過，就將它挖了出來，再用手搓成球狀。這巢是用鬆脆的乾草碎片和毛髮築成的，質地蓬鬆、形狀渾圓，中央還有一個小洞。

儘管這個地松鼠巢的邊緣略微潮溼，但由於它位於那棵枯木底下，並未淋到雨水，因此中央仍十分乾燥，適合用來生火。

雷夫把它塞進上衣裡，又撿了些從樹上掉下來的乾細枯枝，直到數量足以生起一小堆火為止。接著，雷夫在那圓錐形石堆旁清出了一小塊圓形空地，把那些枯枝堆成金字塔的形狀，但在塔側留出了一條可以通到柴堆中央的狹長隙縫。雷夫跪坐在地上，從皮袋子裡取出鍛鋼和打火石。

這樣的事雷夫已經做過許多次了。之前他還在那些大船上時，得負責為船上的磚爐生火，因此他在還不太會走路的時候，就已經學會這一切。雷夫把松鼠巢放在地上，將手裡握著的那塊鍛鋼舉在巢的正上方，靈巧地以打火石在上面劃了一下。初時毫無動靜，劃第二下時，也只迸出了一粒火星子。到了第三下時，終於有一小陣火星子掉進了巢裡。雖然其中多數掉在微溼的巢壁上，一下子就冷掉了，但還是有幾粒掉到中央的小洞裡，一碰到那邊的乾草和毛髮就開始綻放火光。

雷夫迅速撿起松鼠巢，用雙手護住以免被海風吹到，接著輕輕對著那些火星子不停吹氣，直到火光愈來愈亮，竄出小小的火舌為止。然後，雷夫將燃燒的松鼠巢塞進柴堆中央，並且繼續吹氣。這回，他吹得稍微用力了些，但節奏平穩。吹著吹著，那火便愈來愈旺，把一部分柴枝點燃了，使柴堆也冒出火焰。

愈來愈多柴枝被引燃了，火苗已經穩定。雷夫挺起背脊，喘了口氣，然後起身去樹林裡採集更多樹枝。一切就緒後，雷夫靠在那圓錐形石堆上，感覺火精靈圍繞著他，溫暖了他，把他身上那些沒被海水滌淨的部分都淨化了。接下來，雷夫試著要為小卡爾作一首歌。

起初，雷夫沒什麼靈感。

但他開始回想，想起小卡爾在生病前邁著他那兩隻胖胖的小短腿，模仿那些水手圍著爐火跳起諾斯舞的情景。當時，小卡爾摔了一次又一次的跤，但還是一再從地上爬起來繼續跳，要把那個一直讓他跌倒的部分跳完。

小卡爾一而再、再而三地爬起來，彷彿跌倒根本算不了一回事，重要的是要能夠從地上爬起來，繼續奮鬥。

小卡爾也一直努力和病魔搏鬥。最後他雖然再也爬不起來了，但自始至終，他都奮戰不休，直到他的靈魂脫離了軀體，到了那個幻境，準備進入瓦爾哈拉為止。如今小卡爾的身體雖然無法繼續抗爭，他的靈魂卻將奮戰不休，因為他的內心永遠有著奮鬥的精神。

於是，雷夫決定為小卡爾作一首奮鬥之歌，講述他如何一而再、再而三地爬起來繼續奮戰。

可是當雷夫在火堆裡添了些枯枝，回想有關小卡爾的種種畫面，想以歌曲向他致敬時，雷夫卻發現自己唱不出來。

雷夫試了一下，想以高亢的聲音唱出這幾句歌詞：

瞧他邁著小小的腿繞著爐火跳舞
瞧他邁著戰士的腿繞著爐火跳舞
瞧他秉持戰士的精神繞著爐火跳舞
瞧他繞著爐火跳舞，為的是要站起來
站起來
站起來
一次又一次地站起來
瞧他跳著舞
瞧他跳著舞

瞧他跳著舞
一次又一次地站起來
並且奮勇搏鬥
直到他前往瓦爾哈拉

但唱出了第一個音符後，雷夫就覺得喉嚨緊縮，再也唱不下去了。當他再次試著扯開嗓子唱出聲，就想起了過去的美好時光。往日種種都已經成為回憶。雷夫想起疫病來襲前營地的光景。那時他們都很快樂，吃得很好，每個人都臉頰豐滿，面帶微笑，還不時唱歌跳舞。這些畫面一一浮現在他腦海中，如此生動鮮明。

但一切都結束了。他們都死了。想到這裡，雷夫雖然極力想唱出聲音，卻感覺喉嚨堵住了，唱不出來。他坐在那兒，凝視著火堆，心中只覺得憂傷，再度因為眾人已死他卻獨活而感到愧疚。

懷著憂傷與愧疚的心情，雷夫萌生了一個念頭，想要回去瞧瞧，尋覓往日的遺跡。然而，雷夫知道他不能這麼做，因為那位向來見多識廣、富有智慧而且判斷準確的老卡爾吩咐他，絕對不能回去。

因此，雷夫不能回頭，只能繼續前進。

朝著北方前行。

雷夫靠在那圓錐形的石堆上，背部緊貼著那些圓形的石頭，滿腦子想著這些事情。最後，筋疲力竭的他終於睡著了，而且睡得很沉，一個夢都沒做。

鯨魚之歌

雷夫被松鴉吵醒了。

那粗野生硬、喧鬧刺耳的聲音硬生生打斷了他的睡眠。醒來後，雷夫發現太陽已經高高掛在天上，那些松鴉就像平常一樣，聽起來好像很生氣。雷夫思索了一會兒之後，開始擔心牠們會不會是在警告大家「熊要來了」並因而一肚子氣，隨即雷夫想起自己正置身於一座小島上。沒有熊會願意游過來的，他心想。於是，雷夫僵硬地站起身，走到小溪旁喝水，直到肚子裡裝滿了那冷冽、乾淨、幾乎帶點甜味的溪水為止。喝完後，雷夫立刻感到飢腸轆轆（這感受對他來說已經很熟悉了），但剩下的燻魚只夠吃上幾口，吃完後反而更餓了。

得去找些食物才行，雷夫這麼想。於是，確定火堆完全熄滅後，雷夫看了這座屬於小卡爾的島嶼最後一眼，便朝獨木舟走去。補給品剩下不多，因此只花了一會兒工夫，雷夫就把它們全搬上船，塞進船頭。然後雷夫抬起獨木舟（以免它撞到岩石），將船首掉頭放進岸邊的淺水中，自己也隨即跳進去，跪坐下來後便開始划槳。

雷夫用力划了兩下後，獨木舟便彷彿有了生命，開始往前滑行。他放下槳，回頭望著那個圓錐形石堆，直到他的船被潮水帶出海灣，直到一座海岬遮住他的視線，讓他再也看不到石堆為止。

於是，雷夫掉過頭去，面向前方繼續划槳，隨著流向北方的潮水前進。為了忘掉那圓錐形石堆，為了驅走心中的哀傷，他用力地划著，直到下臂開始隱隱作痛才放下槳，任由潮水帶他前進。這時，他的肚子又餓了。之前有一段時間，他已經忘了飢餓的滋味，但現在那種感覺變本加厲地來襲。雷夫已經餓得快要前胸貼後背，但船上的燻魚都吃完了。

得趕緊找到食物才行。

此刻，雷夫所走的這條水道介於那座大島與岸邊連綿不絕的森林間，沿途能看到一座座海灣的入口。有些海灣很淺，從岸邊走個幾百步即可抵達森林所在之處；有些則深得多，彎彎曲曲的看不到盡頭。問題是：許多海灣的岸邊都是陡峭的岩壁。

雷夫在找的是溪河的出海口，而且那裡還要有一片長滿灌木和楊柳的礫石灘。要找到這樣一個地方，唯一的方法便是進入那些較深的海灣，然後一直走到盡頭。

於是，雷夫遇到第一個較深的海灣時，便把船划了進去。他的運氣不錯，此時海水正在漲潮，一路推著他的獨木舟前進。到了海灣盡頭，他便看見了一片寬廣的礫石灘。

但雷夫還沒抵達那兒，便看到海灣北邊的陸地上有一座緩坡，向下一直延伸到岸邊的一處岩棚。轉了個大彎後，就發現那裡長著密密麻麻的一大叢黑莓，其中幾株的枝葉甚至從岸邊垂入水中，形成一條豐茂的綠色隧道。

樹上的漿果都成熟了，沉甸甸地垂在多刺的枝條上，觸手可及。雷夫小心翼翼地將獨木舟划進這條綠色隧道中，有些枝條垂到船內，他顧不得枝條上有刺，就採了幾把黑莓送入口中，連嚼也沒嚼就整顆吞下了。

這些黑莓的滋味甜美無比，甜到他的下巴都有點發疼。

雷夫不斷吃著，直到他的肚子咕嚕作響並且不停翻攪，這才放慢了速度。不過，他還是繼續吃，只是換了一種吃法：他用舌頭將口中的黑莓頂在上顎，把它們的汁液擠出來，成了甜甜的飲料。

當雷夫察覺潮水已經轉向，正朝著海灣外面流動時，他才意識到自己在這黑莓叢底下待了許久。為了不被潮水帶出海灣，雷夫只好用一隻手緊緊抓住那些枝條，把獨木舟穩住。

但在此同時，他還是用另一隻手採著黑莓繼續吃，直到他的飢餓感稍微緩和為止。儘管雷夫還是沒吃飽（他心想以後可能再也吃不飽了），但這時他已經比較能控制自己。正當雷夫開始放慢採食的速度，突然發現那裡並非只有他一人。

他早該發現的，因為黑莓叢的枝葉一直窸窸窣窣地擺動著，還飄散一種濃重的味道。但雷夫太餓、太急著吃東西了，所以沒注意到這些跡象。

此刻，他聽到身後的岩棚上傳來拖著腳走路的聲音，轉頭一看，發現對面竟站著一頭黑熊。

那熊似乎並不驚訝，只是一直端詳他。雷夫看到牠動也不動地站在那兒盯著自己瞧，便想起之前在火堆旁聽水手們說起有關熊的種種。

他們說熊和人很像，不僅思考方式和人相同，心情也一樣時好時壞，有時快樂，有時生氣。他們還說，世上除了地震引發的海嘯之外，或許沒什麼東西比一頭憤怒的熊更可怕了。雷夫從未見過海嘯，但老卡爾曾經提過，而且態度十分敬畏。老卡爾說人是無法抵抗海嘯的。

就像熊一樣。

老卡爾還說，並不是所有的熊都一樣。有些黑熊在年紀大了以後，毛髮就會轉為紅色。還有一種棕熊，牠們的體型比黑熊大上一倍，經常莫名其妙就發脾氣，當牠們在找蟲子吃的時候，能夠一掌把木材劈成兩半。

還有啊，熊不喜歡被人盯著。老卡爾說。哪怕你只是瞥了小熊一眼，母熊就有可能認為你會危害到牠的孩子，這時你就完了。想到這裡，雷夫便將目光從那頭熊身上移開，低頭看著獨木舟，然後又把頭轉到另一邊。有很長一段時間，雷夫一動也不敢動，除了盡量不去看那頭熊，連大氣也不敢吭一聲。

此時，雷夫聽見一聲輕柔的鼻息以及樹葉窸窸窣窣的聲音，回頭一看，才發現那頭熊已經一邊吃著黑莓，一邊慢慢地拖著腳走進灌木叢。

雷夫心想，幸好黑熊身邊沒帶著小熊，也沒生氣。雷夫剛才一直在屏息等待，擔心黑熊會不會朝他撲過來，擔心黑熊是否會因為自己吃了屬於牠的草莓而生氣，幸好黑熊沒有。

不久，那熊的腳步聲消失了，牠的氣味也逐漸淡去，雷夫這才放鬆心情，繼續優閒地採食黑莓。但雷夫知道除了黑莓之外，自己還需要吃點別的東西。此外，他也納悶為何剛才一看到那頭熊的臉，胃腸就一陣翻攪，險些吐出來（他之前也見過別的熊，只是距離沒有近到他一伸出手就能摸到對方的程度）。雷夫心想：他的肚子應該很樂意裝一些漿果才對，怎麼會這麼急著要把它們清空呢？

幸好，雷夫終究沒有吐出來，吃完黑莓後，便划著獨木舟離開黑莓樹的枝葉底下，進入水流中。這時潮水仍舊是往海灣外面流，和雷夫想要的方向相反，但是幸好水流力道已經減緩，而且雷夫知道很快就會轉向，於是逆流划了一陣子，緩緩朝海灣深處行進。等到潮水流速平緩下來，雷夫的速度就變快了，又繞過一個小岬角，便看到了海灣的盡頭。

這正是雷夫要找的那種地方：那裡有一條淺淺的小溪從一片礫石灘流入大海，小溪兩旁也有黑莓叢（這種植物除了無法在岩石上生長外，似乎無所不在），但更重要的是，那裡還有一些挺直的楊柳，儘管其中多數像棍子一般細小，但有幾株卻像他的手腕一般粗大，而且比他還高。這正是他要找的東西。

而且，這裡沒有熊。

雷夫把獨木舟拖到礫石灘後，便趕緊四下巡視。這裡有幾堆零零星星的熊糞，但都是從前留下來的，而且已經很乾了。他拿著手斧走進楊柳叢中，想找一棵又高又直、直徑大約一根手指長的柳樹。找到後，雷夫便將柳樹整株砍下，扛回獨木舟上，切割成大約他身高的兩倍，並用刀子把樹皮削掉。由於那樹皮非常光滑，削起來很容易，因此雷夫坐在溪邊一塊大石上，只花了一會兒工夫就完成了。

削好皮後，雷夫把樹幹懸空橫放在幾塊岩石上，讓它在太陽下曝晒，讓外圍那層潮溼的樹皮晒乾，然後雷夫便趁著這個空檔去溪邊喝水。儘管上次遇到熊之後，他應該更留意周遭動靜才對，但一直到此刻，雷夫才聽到渡鴉和松鴉在那潺潺流動的溪水上方嘎嘎啼叫的聲音。

雷夫相信牠們（尤其是那些渡鴉）的聲音裡有某種意涵。他心想，不知道人類可否學會牠們的語言，聽懂牠們在說什麼。

不過，那些聲音（包括松鴉絮絮叨叨的抱怨以及紅松鼠偶爾發出的「喳卡喳卡」叫聲）裡面似乎沒有急切的示警意味，於是雷夫坐了下來，背靠著獨木舟，愜意地晒著太陽。

雷夫打了個小盹，雖然睡得既不深沉，也不安穩，但已足以讓他恢復精神。現在他的胃把之前所吃的黑莓統統消化完了，肚子又餓了起來。不過，雷夫睡醒後那根楊柳木也晒得夠乾了，於是雷夫再度動工，先用刀子把木頭較粗的一端削短削尖，又從中間將柳木稍微劈開，形成一道口子。

然後，雷夫把老卡爾給他的那個魚叉矛頭的柄腳嵌進那個開口內，並用補給品袋裡的那捲粗網繩把它纏起來。雷夫用牙齒咬住繩子，盡量扯緊，再打個死結。纏好後，無論多麼用力拉扯，那鋼造的魚叉矛頭都文風不動。

於是，雷夫有了一根魚叉。

在這個時節，魚兒雖然不像旺季時那般一群一群的，密集到只要踏入水中幾乎就能踩著魚前進的地步，但淺水處總有一些走散的魚。雷夫拿著魚叉走進及膝的冷冽溪水中，將叉尖伸入水中，然後一動也不動地站在那裡等待著。

洶湧的溪水上處處光影閃動，看起來就像一條條的魚。有兩次雷夫差點向其中一道光影刺去，但終究是忍住了。他要等到那些真正的魚逐漸習慣他的存在。

不久，雷夫看到一條銀光閃閃的魚兒游到他的腳踝邊，便用魚叉刺了過去。

雷夫繼續等待。

當他的雙腿泡在寒冷的溪水中凍得快發青時，終於又有一條閃著銀光的魚兒出現了。這條魚的位置比上次那條魚更遠些，幾乎就在雷夫的叉尖正下方。雷夫對準牠的下腹刺了過去，感覺叉尖已經刺進魚的肉裡面，就迅速轉動叉柄，好讓叉尖上的倒鉤將魚咬住。雷夫擔心他若將魚兒高高舉起，魚身的重量會使牠從叉尖滑脫，掉進水裡，於是將魚叉往旁邊的河岸上一甩，使魚兒「啪！」一聲掉在海灘上。

這是一條美麗的母銀鮭，比雷夫的手臂還略長一些，而且又肥又重。雷夫拿了塊圓石往鮭魚的腦袋一砸，就了結了鮭魚的性命。等鮭魚一動也不動後，就用腰間的匕首剖開。鮭魚的肚子裡有些圓圓的肉紅色魚卵，雷夫將魚卵挖出來，攤在一塊扁平的岩石上。雷夫知道這些魚卵能用來煮成美味的湯（他之前喝過許多次），但他現在實在太餓了，便生吃了一些，再動手處理魚肉。

雷夫原本想生一堆火，用銅鍋燉魚，但這樣太費時，而且微風正往樹林的方向吹，他殺魚的血腥氣味必然很快就會飄散開來，如果燒水煮魚，魚湯散發的熱氣想必也會飄進樹林裡。

雷夫心想，之前出現在黑莓叢中的那頭熊或許就在不遠之處。如果那頭黑熊在風中聞到濃重的血腥味，一定會來跟他搶食物。

「不！不行！」雷夫心想。於是他把魚放進獨木舟裡面，把船掉頭，將船推入海灣。他要找到一座小島，在那裡煮魚，如果找不到合適的小島，乾脆直接生吃。他可以把那些肥美的紅肉切成一條條，在海水裡泡一下，讓魚肉增添一點鹹味再吃。就像老卡爾常說的，這種吃法既清淡又潔淨。

雷夫划行沒多久，就在岸上找到一個地方。他心想，那裡與四周隔絕，離黑莓叢的那頭熊或許夠遠，應該比較安全，於是上了岸。不一會兒工夫，雷夫就在一根腐爛的木頭下找到一個廢棄的乾燥鼠巢，點燃鼠巢並放上木柴後，就在火堆旁坐了下來，開始做飯。

雷夫把鮭魚的內臟清理乾淨，把魚肝留下來煮湯後，就把一塊扁平的石塊豎起來、朝著火堆的方向傾斜，再把整條魚放在上面，用火焰的熱氣炙烤魚肉。等到其中一面的魚皮開始剝離，顯然已經烤熟後，雷夫再把魚身翻面烘烤。兩面都烤熟後，雷夫就把石塊放平當成餐桌，再把魚皮剝掉、將魚骨去除，開始享用軟嫩的粉紅色魚肉。

雷夫這輩子從未吃過這麼美味的食物。他感覺自己那因為生病而變得老舊不堪的身體，突然加入了某種新東西。他沒有咀嚼便大口大口地吞吃著，讓那些魚肉滑進他的胃裡，感覺肉裡的油脂就像一股柔和而濃郁的火焰一直蔓延到他的雙臂、雙腳和胸膛。

雷夫把魚肉統統吃完後，開始吃那帶著一股特殊鹹味的魚眼睛，接著又把剩下的魚頭、魚肝、魚皮和魚骨放進銅鍋，在鍋中加入海水，並在火堆添了些木柴，開始煮湯。湯煮好後，便把鍋子擺到一旁放涼，然後雷夫端起鍋子一口氣把湯喝光了。

接著，該睡覺了。

雷夫把獨木舟拖上岸，坐在旁邊靠著船身打盹，夢見好多片段。他夢見小卡爾在營地裡到處跑來跑去找東西。雷夫說不出小卡爾要找的是什麼，但大家都在笑，似乎他們手裡有小卡爾要的東西。

雷夫還夢見一頭熊。大熊屢屢伸出牠那毛茸茸的手臂和長長的爪子，搶奪雷夫的莓果，而且在雷夫採摘前就把莓果統統吃掉了。

雷夫也夢見了他的媽媽，這樣的夢他已經做過許多次了。每次的夢境都一樣：她正在和別人說著話。雷夫聽不清她究竟說了些什麼，只聽到幾個字眼，而且媽媽總是背對著他，讓雷夫看不清她的臉，只看到一個輪廓。這樣的夢一閃即逝。

接著，雷夫又夢到自己躺在獨木舟裡，被一群正在嬉戲的虎鯨推來推去。他感覺這個夢境非常真實，但又記不起這樣的事情是否真的發生過。在夢中，虎鯨的呼吸散發著魚肉的腐腥氣味，但雷夫還是把虎鯨們當成兄弟，而且並不介意虎鯨把自己當成玩具。

後來，雷夫陷入了熟睡狀態，不再做夢了。他的胃裡裝滿了黑莓、富含油脂的魚肉以及鹹鹹的湯。這些食物就像一條毯子將他裹了起來，讓他感覺溫暖而滿足。

風的音樂

熱辣辣的太陽晒得雷夫嘴唇乾裂，也把他晒得醒了過來。他一睜開眼睛，就看到一隻渡鴉把頭埋進他的鍋子裡，啄食裡面的魚骨和魚頭。

雷夫挪了一下身子，渡鴉便嘎嘎大叫一聲，叼起魚頭猛然往後一跳，但並未飛走，只是在水邊來來回回昂首闊步。

「牠似乎是在炫耀自己得到了那個魚頭呢！」雷夫心想。儘管那魚頭上除了頭骨、牙齒和眼窩之外已經什麼都不剩了，渡鴉還是把魚頭放在地上，假裝啄食著，之後又再度將魚頭叼起，飛到附近的樹上。

渡鴉在枝頭上又繼續嘎嘎嘎地叫著，並且

來回踱步，最後才不屑地把那魚頭丟到水裡，揚長而去。雷夫站起身來。他想留在這裡，再抓一兩條魚來燻製，也想再多休息一陣子，但他烹煮食物的氣味想必已經飄到樹林和楊柳叢那兒了。

那頭黑熊一定會過來的，雷夫心想。儘管這裡距離黑熊所在的黑莓叢頗有一段路，但雷夫認為炊煙和食物的氣味一定會傳得很遠，他甚至有點訝異那頭熊為何至今尚未現身。想到這裡，雷夫趕緊將裝備放進獨木舟裡，把船推下水。由於此時潮水正緩緩朝著海灣外面流去，於是雷夫只划了幾下，便任由獨木舟隨著潮水前進。才離開沒多久，雷夫回頭一望，便看到了那頭熊。

確切的說，應該是兩頭熊。牠們都是黑熊，身形並不大，正在雷夫之前紮營的地方到處嗅聞。個頭較小的那頭出於好奇，便走進水裡朝獨木舟試探性地邁了幾步，但其實只是做做樣子罷了。因為雷夫已經離牠頗遠，況且海水很深，若牠要靠近雷夫就非得游泳不可。那頭熊顯然認為這樣做並不值得，便噴著鼻息走回之前雷夫生火的地方。雖然雷夫離開前已經用水澆了火堆，也確定火熄滅了，但灰燼裡仍有烹煮食物的氣味，用來烤魚的石板上也還沾著魚油和魚血，所以那兩頭熊因為競相舔食石板和搶奪灰燼裡的食物殘渣，竟開始扭打起來。不過，較大的那頭熊用牠那巨大的手掌直接揮了對方兩三拳，就輕鬆獲勝了。

獨木舟繞過一座海岬後，雷夫就看不到那兩頭熊了。他拿起槳，又划了起來。他的身體雖然尚未完全恢復正常，但已經愈來愈好了。此刻，陽光照在雷夫的背脊上，海面平靜無波。雷夫用力划著，感覺肩背和雙手都有了力氣。陽光的熱氣、昨夜的睡眠以及鮭魚和黑莓的養分都為他帶來能量。雷夫出了海灣後便往北走，那獨木舟彷彿已經和他的雙臂、肩膀、背脊和心靈融成一體，全身上下只有一個意念……

還不夠遠……

再繼續往北、往北……

水道東邊是濃密的樹林，西邊那座大島上也還有更多森林。雷夫沐浴在陽光下，望著前方，用力把槳划入海水深處，感覺每划一下，獨木舟便往前滑行……

此時此刻，雷夫沉浸在周遭美景中，懷著喜悅期待未來，忘卻了那陰暗、恐怖的過往。

此時此刻，雷夫滿心好奇，不知道接下來會發生什麼。想到這裡，他的嘴角不由得漾起了一抹笑意。

但很快地，那陰暗的過往再度浮現，像一場陰沉的風暴籠罩他的心靈。雷夫只能努力將它甩開。他知道，要擺脫過去，唯一的方法便是想著未來。

如果不這麼做，就不知道下一步該怎麼做，也就無法繼續前進。

他必須擬定一個行動計畫。

老卡爾要他和小卡爾往北走，去那死神與病魔追不到的地方。但現在只剩雷夫一個人了。

而且北方只是一個方向，不是一個地方。

雷夫心想：人可以一直往北走，但卻不去任何一個地方。

或許老卡爾就是這個意思。

不去任何一個地方。就只是活著。這樣就好了。

於是雷夫隨著划槳的節奏，唱起歌來：

一直往北走
就像那風。
北風。
成為那風。

北風。

北風。

唱完後，雷夫的心情就平靜下來，不再那麼沮喪了。他開始慢慢習慣一個人的生活。

但這時，他卻發現自己其實並非獨自一人。

鯨魚

雷夫看到了一群虎鯨。

這些虎鯨不知道是從哪裡冒出來的，此刻正聚集在獨木舟四周。虎鯨有著黑白分明的肚腹，背鰭露在海面上，但因為牠們在海裡上上下下、來來回回地游動，因此雷夫不確定數量究竟有多少，但少說也有六隻，甚至可能多達八隻。其中有些虎鯨體型很大，有些較小，較大的那幾隻當中有隻可能是公的（但雷夫並不確定），因為牠看起來非常巨大，體長遠超過雷夫的獨木舟，大大的背鰭直挺挺豎在海面上。小的那幾隻裡頭，有兩三隻可能是幼鯨。

雷夫心想，我應該感到害怕才對。虎鯨可是大家口中的「殺手鯨魚（Killer Whale）*」，可以輕易把他的獨木舟撞個粉碎，而且他曾看過虎鯨們把小海豹丟到空中，彼此拋接，直到小海豹身子癱軟，顯然已經嚥氣為止。還有好幾次，雷夫看到虎鯨們在營地附近的海面上粗暴地玩著遊戲，連站在海灘上的他都能感受到虎鯨的力道。

不知怎地，雷夫恍然想起他生病的時候，虎鯨曾耍弄他的獨木舟，將船推來推去的情景。虎鯨顯然把他和獨木舟都當成了玩具。如果當時虎鯨用力過猛……

雷夫應該害怕才對。至少應該擔心。

但他卻沒有。虎鯨顯然對他不抱持敵意。即使有兩隻小虎鯨游過來用鼻子將獨木舟頂來頂去，但牠們也只是出自好奇心，在鬧著玩罷

* 古代的西方水手目睹虎鯨捕獵其他大型鯨魚的行為，因此給予虎鯨「殺手鯨魚」（Killer Whale）的封號。中文常將這個封號譯為「殺人鯨」，但其實虎鯨不會主動攻擊或捕食人類。

了。雷夫不禁心想：這些虎鯨是不是在他生病時出現的那幾隻呢？

這些虎鯨的模樣出奇美麗，黑白的身軀在清澈冷冽的海水中熠熠生輝，線條簡潔、輪廓鮮明，彷彿雕刻品，或者是畫出來的。虎鯨們在獨木舟附近游著，看起來毫不費力。雷夫不確定是他划船的速度跟虎鯨一樣快，還是虎鯨為了待在他附近而刻意游慢一點，以配合他的速度。就連體型最大的那隻虎鯨似乎也一直跟著雷夫，大虎鯨浮出水面換氣時，和獨木舟只隔著大約一支槳的距離，因此牠噴出的那些帶著強烈魚腥味的溫暖水氣時，往往濺得雷夫全身都是。

這些虎鯨屬於同個家族，而且全都跟著雷夫走（至少看起來是這樣）。但也可能是雷夫跟著牠們走。

無論是哪種情況，雷夫都不介意。雖然這聽起來有點荒謬，但雷夫已經把這些虎鯨當成朋友，而且也相信這些虎鯨不會傷害自己。

就這樣，他們一路相伴，來到一座海灣。虎鯨的行動具有明確目標，顯然是刻意到這裡來，而獨木舟在那些小虎鯨的推波助瀾下也不自覺地跟著來了。

雷夫心想，那海灣就在眼前，他怎麼能不跟呢？

海灣彼端有一片淺灘，斜斜地延伸入海，上面布滿了小圓石。這些石頭都不及雷夫的拳頭大，但數量高達千百萬顆之多，從岸上一直鋪到海底，形成厚厚的一層，有如一張巨大的石頭地毯。經過海浪與潮汐無數次的沖刷與打磨後，這些圓石都顯得光滑無比，熠熠生輝。

雷夫撿起了其中一顆，心想：原來虎鯨要找的就是這個。

雷夫把獨木舟划到旁邊，看著虎鯨們輪流潛入海裡，以肚子和身子兩側卡嗒卡嗒地滑過那片石床。那聲音是如此響亮，雷夫隔著獨木舟的船身和船底都能感覺到。

最初，雷夫以為虎鯨們只是在玩耍而已。的確，虎鯨似乎很享受那些小石頭的觸感，牠們會從同伴身體上方躍過去，彼此逗弄，並輪流游到這U型海岸的東端，再拱起背，以肚子或身體兩側連滾帶滑地擦過那片石床，彷彿在享受被撫摸的感覺。

但這不只是一種遊戲。虎鯨們似乎有個明確目的。雷夫更仔細地觀察時，發現牠們可能是利用那些石頭來清理體側和腹部。虎鯨會小心翼翼地在水裡翻騰，同時用臉部、背部、尾鰭摩擦海灣底部的石頭。

成年的虎鯨做這些動作時，幼鯨會在一旁觀看，前者做完後便開始教導後者，要幼鯨游到海灣的一端，從石床的一頭翻滾到另外一頭。起初那些幼鯨並不懂該怎麼做，有的會走錯方向，有的會朝著海灣外面游，有的則忘記翻滾，或者只摩擦身體的一側，有的甚至會銜起石頭，用力拋過海面，再用尾巴去接。雷夫心想，這些小虎鯨簡直就像一群小狗，想著想著就忍不住笑出聲音來。但他旋即發現：那隻體型最大的公虎鯨或許是聽到了他的笑聲，所以竟然離開幼鯨身邊，朝他緩緩游過來，停在獨木舟旁把身體橫亙在船身和那些在教導幼鯨如何正確使用石子的鯨魚之間。

然後，大虎鯨便一直待在那兒。

牠看起來不像要攻擊或威脅雷夫的意思，只是想保護其他鯨魚。牠躺在那兒時，鼻子裡噴出的水花濺到了獨木舟上，也濺到了雷夫身上。雷夫再度聞到了那濃郁的氣息，其中摻雜著魚腥味、海風味以及鯨魚體內的熱氣。那是牠特有的氣味。雷夫藉著這些氣息更加了解大虎鯨。此刻，大虎鯨就躺在那兒，一動也不動，呼吸很慢，呼出的氣息卻很強烈。大虎鯨那大大的背鰭正好靠近獨木舟的正中央，就在雷夫旁邊，看起來黑得發亮，距他僅僅一臂之遙。

「我應該摸牠一下，」雷夫心想，「我應該摸摸牠的鰭。或許這樣大虎鯨就會認識我，更了解我，我也能更了解牠。」但雷夫猶豫了一下，不是因為害怕，而是因為有些難為情，擔心這樣會打擾到大虎鯨。雷夫心想，大虎鯨體型如此巨大，卻溫和而友善，並沒有侵犯自己，那自己又憑什麼伸手去摸大虎鯨，打斷牠正在做的事情或攪擾牠的思緒？憑什麼伸出自己細小的手臂和可笑的手掌，去碰觸大虎鯨那個朝天聳立、閃亮而神氣的背鰭？

「然而……」雷夫心想。

「我怎麼能不摸摸看呢？」

這個念頭愈來愈強烈，讓雷夫想起他初次學習如何用打火石和鍛鋼把舊松鼠巢引燃的時候。雖然打火石只迸出了一粒火星子，但落在巢裡後，就會開始四處蔓延，像一條紅色的蠕蟲不停吞吃著那些乾草碎片，然後火勢便愈來愈旺，最後整個鳥巢都燒了起來。

這個念頭也是一樣。它就像一條熾熱的蟲子，起初雖然只有些許微光，但想著想著，就點燃了欲望的火焰，使雷夫想要了解更多……

大虎鯨距離自己那麼近。這樣的時刻再合適不過了。他怎能不去摸大虎鯨一下呢？

於是，雷夫幾乎是無意識地把手伸到獨木舟外面，用手指輕輕地、溫柔地握住那個堅硬的背鰭。雖然他們相距只有咫尺之遙，雷夫卻感覺自己彷彿進入了另外一個世界。

但雷夫只摸了一下。

就一下下。

很快又把手鬆開、縮回，開始回味那種感受。那個質地比雷夫想像得更堅硬，就像一塊亮閃閃的、有生命的黑色石頭，而且頗為光滑。或許還有點溫熱，但因為魚鰭是溼的，所以雷夫並不確定。

雷夫不知道大虎鯨會有什麼反應。大虎鯨會因此而生氣嗎？會不會不高興？會不會把他的獨木舟弄壞？雷夫知道，大虎鯨只要用牠那個巨大的尾鰭猛力一揮，就能把自己拋到半空中去。

但大虎鯨的反應讓雷夫非常訝異。大虎鯨只是微微仰起頭，稍微轉動了一下身子，以便看見坐在船裡的雷夫。大虎鯨盯著雷夫的眼睛看了一會兒，但很快就再度轉過身去，回復原來的姿勢，躺在那兒一動也不動。

大虎鯨是在保護其他鯨魚。

大虎鯨突然呼出一口氣，雷夫同時也吸了一口氣。他之前一直不自覺地屏住呼吸，這時深吸一口氣，正好把大虎鯨從體內噴出的溫暖氣息吸進去，那氣味和大虎鯨背鰭的觸感融合在一起，深深刻在雷夫心中。雷夫多希望他們能彼此交談，希望他能問大虎鯨……

問大虎鯨什麼呢？他要問大虎鯨什麼問題呢？

雷夫什麼都想問。問大虎鯨一切鯨魚知道而雷夫自己也想了解的東西。於是，雷夫輕聲說道：「我希望……」

才剛開口，雷夫就打住了。因為他不知道自己希望什麼，或者想知道什麼。相反地，雷夫開始感覺這樣的一刻是多麼神奇：這隻鯨魚看見了他，了解他，也知道雷夫無意傷害牠，而雷夫也看得出大虎鯨並不想傷害自己。他們兩個就只是待在一起，無意傷害彼此。

這也是一種交談，是某種形式的對話。

他們雖然沒有說話，也沒有唱歌，但彼此心意相通。雷夫知道他這一生將永遠忘不了這個時刻，也希望大虎鯨有同樣的感覺。雷夫相信，他們已經是朋友了。不，不只是朋友。大虎鯨背鰭的一側有一道斜斜的、凹陷的傷疤，差不多像雷夫的手這麼長。雷夫知道如果他再度看到這疤痕，就能認出大虎鯨，想起他曾將他的知識傳達給這隻鯨魚，這隻鯨魚也曾將牠的想法、牠的存在，傳給雷夫……

但沒過多久，等那幾隻幼鯨都翻滾、玩耍過了之後，虎鯨們就離開了這片卵石淺灘，掉過頭，目標明確地朝著海灣外面游去。當牠們繞過一座海岬後，就消失不見了。

牠們走了。

飢餓

不過，雷夫也有自己的目標。

他要前往北方，並且一直往北走，就像風一樣。於是雷夫把船划出海灣，向東轉，然後朝著北方前進。由於午後刮起一陣西北風，讓船身必須逆風前行，再加上潮水一直將獨木舟微微往後推，所以無論雷夫划得多麼用力、多麼快，幾乎還是一直在後退。

顯然，雷夫很難違抗大自然的力量順利前進，便轉入東邊的一座海灣，打算在那裡等候風和潮水轉向。

這座海灣其實更像一座陡峭而綿延的深谷，盡頭是一座略微起伏的狹窄岩棚，岩棚旁有一條小溪流入大海。小溪下游雖然沒有卵石灘，但雷夫靠得更近後就看到海裡一群鮭魚正跳進岩棚上的急流裡。這群鮭魚數量雖不像迴游的高峰期那般多到密密麻麻的程度，但已經足夠讓雷夫抓幾條來充飢。此外，在那陡峭的溪岸兩旁有許多灌木，裡面也有好些黑莓。雖然數量不像雷夫上次採得那麼多，但看到黑莓累累垂掛在枝頭，色澤深沉飽滿，再想到小溪出海口的那些鮭魚，雷夫不由得感到飢餓難耐。

況且，這裡似乎沒有熊，因為雷夫既沒發現熊的蹤影，也沒看到牠們留下的痕跡。

不過，熊（包括黑熊和那體型巨大的棕熊）可能無所不在。受限於此處海灣的地形，如果雷夫把獨木舟繫在樹上，再到岸上捕魚，可能很快就會被逮個正著，逃生無門。

雖然熊可能不會傷害他，就像雷夫上回在黑莓叢碰到的那頭，但他可不願意冒這個險。萬一熊的心情不好，他可就……

所以，雷夫必須想出一個辦法，好讓他能迅速上岸，並且在抓到魚後立刻走人。這時，雷夫突然想到他根本不用離開獨木舟。他可以站在船邊用魚叉捕捉那些想迴游到溪裡的鮭魚，抓了幾條後，再將船划出海灣，找個更荒僻、沒有熊出沒的小島去生火煮飯、燻魚並睡覺。

辦法擬好後，雷夫就這麼做了，但事情發展並不如預期……

雷夫用力一撐，把獨木舟的船頭稍微抬高，讓獨木舟安穩靠在岩岸上。此時，那些鮭魚正在他腳底下搖頭擺尾地游著，想跳到溪口。雷夫小心翼翼靠在船邊，手舉魚叉，並將叉尖朝下放進水裡。不久，便有一隻鮭魚游過來。雷夫趁著鮭魚躊躇之際，用魚叉往下一戳，刺中了鮭魚的腦袋後方。

那條鮭魚似乎因為受到驚嚇而僵住了，但牠還沒來得及掙扎扭動，雷夫就將牠往上一甩，丟進獨木舟裡，接著又轉動叉柄，把魚叉矛頭拔了出來，任由那魚在船底掙扎，然後雷夫再度把身子探出船外捕魚，很快又捉到一條。

但說時遲，那時快，鮭魚數量突然飛快增加，牠們彷彿發了狂，而且全都擠成一團，看起來像一張由活生生的魚做成的地毯，其中幾條甚至往獨木舟底部猛撞，雷夫幾乎不必瞄準就可以刺中鮭魚。後來雷夫又抓到了四條，鮭魚躺在獨木舟底部，那銀色的腹部在太陽底下閃閃發光。但接著雷夫就聽到了鯨魚特有的噴氣聲。

又有一群殺手鯨魚來了。

就像上次那樣，雷夫並不確定鯨魚的數量，可能有四隻或六隻，而且最初雷夫也沒認出牠們，只看到牠們露出水面換氣時那鮮明簡潔的輪廓以及美麗的體色。然而，當其中一隻鯨魚的背鰭通過船尾時，雷夫看到上面有一道斜斜的疤痕。於是，雷夫知道牠就是自己之前摸過的那一隻大虎鯨。

他們之間曾對話過，而且已經認識了彼此。雷夫不由得心中暗喜，因為他原本以為自己再也看不到牠們了。

然而，這次的情況和上回大不相同，沒有半點玩樂的輕鬆氣氛。虎鯨們並未在海底的岩床上翻滾，大鯨魚們也沒有試著讓幼鯨排隊，顯然牠們來到這裡並不是為了玩耍和嬉戲。

牠們是來狩獵、捕殺和進食的，而且瞬間就表現得非常精明、熟練、冷血與專注。此刻，牠們心中顯然完全不在意其他事情。雷夫還來不及驚呼，虎鯨們就用鼻子和肩膀一把將他的獨木舟推開，彷彿雷夫和他的船根本不存在，或者視為牠們要排除的一個障礙。那動作是如此突然，如此粗暴，以致雷夫的獨木舟從岩棚旁搖搖晃晃地滑向深水處，險些翻覆，最後才在距牠們有一段距離的地方停了下來。

然後，那群鯨魚就來到岩棚和他那艘顛簸得厲害的獨木舟之間，展開行動。有兩隻鯨魚（一隻是那巨大的公虎鯨，另一隻體型稍小）在那由岩岸和兩側陡峭山壁所形成的大U字型開口來來回回游著，一邊還吐著氣泡，形成一張泡泡網，或者可稱為泡泡牆。

雷夫看出牠們是想用這個泡泡網把海裡的鮭魚趕到U字型的彎處，將牠們集中起來，以便縮小範圍。

等到那裡的鮭魚擠成一團，密密麻麻地彷彿海水沸騰了一般，虎鯨們便輪流撲了過去，用嘴巴咬住鮭魚，開始進食。吃飽的虎鯨便自動後退，承接製造泡泡網的工作，讓原先負責製造氣泡的虎鯨進去捕食。

雷夫心想，這樣的團隊合作真是太棒了。只見虎鯨們依次搖搖擺擺地游進魚群，對魚兒們發動攻擊，然後又搖搖擺擺地游出去，讓下一隻前來進食，彷彿跳著某種舞蹈。雷夫正想為此做一首歌，卻突然發現此處還有別的訪客。

有老鷹。

有渡鴉。

還有一些體型較小的鳥兒，包括松鴉以及一些他不曾見過的鳥……

這些鳥兒之所以來到這裡，是因為鯨魚的進食方式。雷夫原本以為，像虎鯨這麼大的動物在吃鮭魚這種體型相對較小的魚類時，會把魚兒整個吞下去，再慢慢消化。

但事實卻不是這樣。虎鯨會先用尾巴重重拍打那些擠成一團的鮭魚，等到其中幾條已經躺臥不動，就會從鮭魚的側面撲過去，靈巧地把魚肚咬下來，把那些多汁的魚肉和一部分內臟吞下去。至於魚頭和魚尾，虎鯨則任由它們隨海水漂走。這些魚頭和魚尾有部分會沉到海底，但也有一大部分會浮到水面上。

於是，老鷹被吸引過來了。想必老鷹一直在旁邊觀望、等待，時機一到便從四面八方飛來。老鷹的模樣甚美，尤其是那些有著深褐色身軀和散發威嚴的白頭的成年老鷹，當牠們伸展雙翼，幾乎有雷夫張開的雙手那麼寬。雷夫試著數算老鷹的數量，但由於同一時間有太多老鷹飛來飛去，分不出哪隻是哪隻，因此根本算不清楚，只知道大概有十幾隻或二十幾隻。老鷹們從樹上俯衝下來，沿著水面低空飛行，看準時機俐落伸出爪子，撈起那些魚頭和內臟帶到樹上或岸上去吃。

不過，老鷹們似乎永遠不滿足，牠們除了吃自己抓到的東西，還會留意別的老鷹抓了什麼，甚至過去搶奪，很快就打起來。老鷹們一個個張開翅膀、尖聲啼叫，用爪子互相攻擊。頃刻間，魚頭和內臟四處飛散，有的掉在地上，有的則掛在牠們那原本威嚴的白頭上。

接著，渡鴉也加入了這場混戰。渡鴉非常聰明，會混在老鷹之間伺機行事。有幾隻渡鴉會靠近那些老鷹，分散牠們的注意力，而其他幾隻顯然被推派出來的渡鴉則會在旁邊耐心等待著，一旦老鷹們分心了，那幾隻渡鴉就會迅速衝過去，搶走老鷹抓著的魚頭、魚尾或內臟，許多渡鴉甚至會中途停下來去啄那些老鷹的眼睛。

這時，無論在水上或水下，情況都是一片混亂。鯨魚在水裡吃著鮭魚，而老鷹、渡鴉、松鴉以及雷夫從未見過的一些水鳥紛紛衝到旁邊撿拾殘渣，但牠們把這些東西帶出水面後，其他鳥兒也會來搶奪。轉眼只見魚頭、魚尾和內臟滿天飛，老鷹尖聲喊叫，渡鴉嘎嘎亂啼，鯨魚們則在水裡用尾巴狠狠甩打著那些鮭魚……

在此之前，雷夫一直讓獨木舟在水上隨意漂浮著，眼見情勢太過混亂，便趕緊划到比較安全的地方，一邊還得小心地用膝蓋把船穩住，以免被附近游過的鯨魚弄翻。此外，雷夫還得注意閃躲那些衝到他附近的老鷹，免得被牠們的翅膀掃中。

有隻老鷹甚至飛到船頭，想在那裡享用牠撿到的魚內臟，但牠的食物立刻被一隻渡鴉偷走。老鷹轉過頭，看到雷夫丟在獨木舟底部的幾隻死鮭魚便跳下去，抓了一尾想帶走。但是那鮭魚實在太重了，老鷹還來不及逃跑便被雷夫用槳面狠狠敲了一下，只好丟下鮭魚，朝雷夫叫了一聲，就又飛回去加入那場爭奪。

片刻之後，雷夫終於把船划到一個稍遠的地方，脫離那場混戰，之後便坐在船邊，穩住那仍然顛簸的船身，試圖把眼前這一幕看個清楚，了解那究竟是怎麼一回事。但這一切已經超出雷夫的視覺和思維所能負荷的程度了。

最後，雷夫只是呆呆坐在那兒，就像那些鮭魚，被眼前這幕暴力景象搞得頭暈目眩。

然後，這一切就結束了，一如開始時那般突然。鯨魚們轉身游出海灣。老鷹和渡鴉也抓著牠們各自帶得動的食物飛走了。連那些體型較小的鳥兒也消失在樹林間。

除了岩石上留下的一些汙痕，這一切彷彿從未發生過。在雷夫看來，這是一場戰鬥，一場為了食物而進行的戰鬥。雷夫在此刻突然意識到，飢餓是一股強大的力量，大自然的所有生物——除了那些具有幽默、體貼、狡猾和情感等特質的鯨魚（或許還包括渡鴉）——都受到了飢餓的驅使。當然，憤怒也是一種驅力，但憤怒也是因為飢餓而起。想到這裡，雷夫看著腳下那幾條被他捕獲的鮭魚，心中下了一個決定：他不希望他的生命只剩下這個。

雷夫不希望此生除了填飽肚子之外，再也沒有別的追求。

「我要往北走，要去到北方，但除了填飽自己的肚子，我也要多多觀察並體驗這個世界。」雷夫心想。

野炊地

又到了另一座小島。這座小島和東邊的陸地以及西邊那座大到不怎麼像島的島嶼都隔著一段距離。希望這裡沒有熊。

這島雖然小，但也有好幾座小海灣，雷夫挑了位於北邊的一座，就將獨木舟划過去。這海灣很淺，盡頭有一小片卵石海灘，還有一道從石縫冒出來的細流，岩石上方則有一處扇型的礫石沙洲，於是雷夫將獨木舟拖到岸上離海面頗遠的地方，並把獨木舟倒扣在礫石地上。

雷夫打算花兩三天在這裡製作燻魚。此外，他發現獨木舟的雪松木吸了太多海水，已經變得愈來愈重，所以想趁著這段時間讓船能稍微晾乾些。

但首先，雷夫得紮營。

眼見霧氣變濃，趁著此時視線還算清楚，雷夫趕緊去收集柴火，費了好大的勁才張羅齊全。但這時天上下起了毛毛雨，所以雷夫又花了一番工夫，才在一大塊樹皮下找到一個能用來當火種的乾燥鼠窩。

但所有東西都有些潮溼，因此很難點燃那個鼠窩。雷夫試了四次，才讓它竄出一點火苗。當鼠窩總算燒起來時，又花了很多力氣讓柴枝燒更旺一些，才能用柴枝來燒更大塊的木柴，生起像樣的火堆。

最後，火終於燒旺了。此時天上仍下著毛毛雨，雨水落在火焰上便形成水霧，嘶嘶作響。雷夫到溪邊砍了幾株高大翠綠的楊柳來製作烤架，他拿了三根楊柳樹幹，將樹枝的一頭插到火堆四周的土壤裡，另一頭則向內彎，並在火堆上方火焰燒不到的地方交會不同的枝條，做成類似三角形的支架，再將五根尾部分岔的柳枝橫卡在上面。這樣，烤架就做好了。

雖然不像從前水手們在營地裡做的大型烤架那麼好，但因為雷夫要燻烤的魚並不多，所以也夠用了。

烤架完成後，雷夫拿刀子把之前放在卵石灘上的那幾條死魚一一剖開。其中一條肚子裡有魚卵，飢腸轆轆的雷夫就用少許鹽水提味，把那些魚卵生吃了。接著雷夫又拿起那條險些被老鷹抓走、身上的肉已經有點裂開的魚，將內臟和魚頭去除後放在石板上烘烤。

雷夫又把其餘幾條魚都剖半，只剩魚頭的部分相連，並將魚身翻過來，在那紅紅的肉上劃幾刀，以便能更快烤乾。然後，雷夫將有肉的那面朝外，把整條魚掛在火堆上方的烤架上烘烤，又丟了些青草到火堆來燒出煙霧。這些炊煙會循著火焰的熱氣往上升，漫過烤架上的魚肉，使那些聞香而來的蒼蠅無法在魚肉上產卵，這樣燻魚就不會長蛆。接著，雷夫又把魚肝、剩下的一些魚卵以及石板上那條魚的魚頭放在銅鍋，再倒入一些海水（這樣就不必加鹽），就直接把鍋子放進火堆裡煮湯。

石板上的魚很快就烤好了（至少夠熟了），雷夫迫不及待地把魚肉撕下來吃掉，再把剩下的魚骨、酥脆的魚皮一起放進湯鍋裡煮。

吃飽後，雷夫在火堆裡添了更多柴枝，讓火繼續燃燒，接著又放進更多青草和葉子，讓火堆不斷冒煙。之後，雷夫到溪邊掬了幾捧水來喝，喝飽後便去尋找黑莓了。

這裡沒有其他地方那種巨大的黑莓叢，但雷夫沿著溪岸走，還是找到了幾小叢黑莓。或許因為數量較少，而且採摘更費時，這些黑莓嘗起來似乎特別甜美濃郁，每顆都有如珍饈。雷夫不停採著，直到嘴唇和手指都被黑莓染黑，直到肚子裡的黑莓和先前吃下的溪水與鮭魚肉完全融合，才停下來。這時，雷夫已經累到連站著都能睡著了。

此刻的雷夫已經筋疲力竭，快失去知覺。他心想，得盡快躺下來睡覺才行，否則可能會昏倒。

天上仍飄著毛毛細雨，霧氣很濃。雷夫回到火堆邊，往裡頭添了些木柴以及用來燒出濃煙的青草，開始建造一個可以遮風避雨的地方。

雷夫走到那倒扣在地上的獨木舟旁，拿了塊大石把船的一端撐起，這樣獨木舟便成了一個狹長的斜頂棚。接著，雷夫又在船身兩側的地上扎了兩排木樁，把船身撐起，以免被風吹翻。一切妥當後，雷夫將毯子和裝備放到獨木舟下方，並把那張略微潮溼的毛毯攤開，把其中一截塞進那直接靠在礫石地上的船尾底下，這樣一張床就做好了。

雷夫再次察看火堆，往裡面放了更多木材、綠葉和青草後，便爬進獨木舟下方，躺在半張毯子上，再用另一半蓋住自己。不一會兒，雷夫就睡著了。

雷夫做了一個夢，夢見小卡爾不知怎地還活著，而且正繞著火堆跳著一支慢步踏步舞，眾人則一邊笑一邊鼓掌為他打拍子。儘管小卡爾因為腿太短，跳得並不好，尤其是單腳跳的部分，但大家都不在意，小卡爾自己也笑得很大聲。就在這時，雷夫的母親也出現了。夢中的她身材高大、腰板挺直，一頭長髮，但雷夫看不見她的臉。雷夫希望她能轉過身來，好讓自己看清她的模樣，或是直接走過去看她的臉，再多知道一些有關她的事，但都沒有用。小卡爾還是繼續跳著舞，其他人則跟著曲子的節奏鼓掌。後來夢境變得愈來愈陰沉，讓雷夫非常難受。

就在雷夫因為看不到媽媽的臉而懊惱時，他突然醒了過來，睜眼一瞧立刻發現一群渡鴉正圍在火堆和烤架旁。那火已經快熄滅了，只剩一縷輕煙緩緩上升，飄過烤架上的魚肉。渡鴉們蹲在火堆旁，好像一群老頭，為了避免沾到雨絲，牠們身上的羽毛都抖得很蓬鬆。此刻，渡鴉們正等著煙霧散盡，就能衝去啄食烤架上的肉。

「走開！」雷夫咆哮一聲，撿起石頭朝渡鴉砸了過去，但沒有擊中任何一隻。渡鴉們眼見石頭飛來，又聽到雷夫大喊，顯然受了些驚嚇，但也只是閃到一旁，並未飛走。

火堆旁共有八隻渡鴉（還有幾隻位於周遭的樹上，但雷夫看不清究竟有多少隻）。其中兩隻悄悄朝著雷夫走來，顯然是想把他引開。

雷夫心想，這是渡鴉的計謀，就像牠們對付鯨魚那樣。這兩隻渡鴉打算把雷夫引到別處，好讓其他渡鴉可以到火堆那兒吃肉。

「我才不會上當呢！」雷夫心想。

「不行！」雷夫大吼一聲，從獨木舟下方滾出來，又立刻起身奔到火堆旁。只見他堆在附近的木柴因為淋了雨，最上面幾根已經有點潮溼了，但下面那些還很乾燥，所以雷夫很快就再度把火燒旺。他放了些葉子和青草進去，讓火堆繼續冒煙後，又拿起煮魚的鍋子喝了幾口湯。

看到那群渡鴉居然沒有飛走，讓雷夫頗為驚訝。之前在捕魚營地，每當水手們咒罵牠們、朝著牠們丟擲石頭或棍子時，渡鴉們總會立刻飛走。但眼前這群渡鴉卻只是飛到一旁，站在岩石或砂礫地上，喋喋不休交談著，顯然正在等待。

牠們的叫聲不斷改變，有時幾乎像在竊竊私語，有時嘎嘎嘎地大聲叫著，有時則發出一長串咯咯咯的喉音。這些聲音顯然是有意義的。

雷夫心想，不知道牠們在說什麼，或許是在說：

「再等一下吧！他一定會回去睡覺的。到時我們就能得手了。」

「像他這樣的傻瓜早晚會忘記要留意我們的。」

「再等一下吧！」

但有時，渡鴉的聲音聽起來像在罵人，因此牠們也有可能是在嘲笑他：

「看看這個可憐又弱小的傢伙。他甚至不會飛呢！」

「你瞧，他多醜呀！皮膚光溜溜的，沒有羽毛，不能吸收陽光，不會閃閃發亮，也沒法抵擋風雨。」

「我不能再睡了，」雷夫心想，「我得更留神才行，否則食物都被那些渡鴉吃光，我就沒得吃了。」

幸好，毛毛雨已經停了。雷夫坐在火堆旁，把他的頭髮、毯子和溼掉的棉布衣服烘乾。

雷夫突然想起從前在船上的生活。那時，他經常從一艘船被賣到另外一艘。名義上是船員，但其實是奴隸。那段期間，雷夫總在船艙裡做著各種粗活，包括縫補衣服、為船員們煮肉等等。當風雨太大，船員們無法到船邊上廁所，必須使用木桶時，他還得把桶裡的穢物倒掉。此外，其他船員總是出於各種原因毆打他，有一次，雷夫甚至被打得一個星期都直不起腰來，原因是他忘記把縫衣針儲放在食用油裡，害縫衣針生鏽了。那時，雷夫身上的衣服總是溼漉漉的，衣服皺褶裡還有鹽粒殘留，因此腋下和胯部的疹子一直都好不了。

但此刻，雷夫感覺身上的衣服已經漸漸乾了。這是他在那些船上從未有過的體驗。

況且也沒人會打他了。

現在，雷夫無論什麼事都能自己作主，可以決定自己要採取什麼行動、有什麼想法或擬定什麼計畫，甚至能決定自己要不要吃東西。

就像那些鯨魚一樣。

或者，就像渡鴉或其他生物那樣。

小自老鼠，大至鯨魚，大自然中的所有生物都會為自己打算，憑藉自己的力量照顧自己，為自己而活……

想到這裡，雷夫便站起身來，去察看烤架上的肉。令他驚訝的是，在這段短短的時間裡，他掛在火堆上方的厚肉片已經烘得很乾了。

看到那些粉紅色的肉片，雷夫的肚子又餓了起來，便趕緊撕下一大塊，一口接一口幾乎沒咀嚼就吞下肚。吃完後，雷夫仍然很餓，原本想多吃一些，但還是決定要把它們留下來，做為旅途中的存糧。

於是，趁著魚肉尚未烘乾，雷夫再次拿起魚叉往溪流的入海口走去。當他站在淺灘上時，發現這裡的溪水雖然清澈，卻比之前他到過的那幾條溪都更冷，冷到他的腳趾頭都縮了起來。這裡的魚雖然不多，也沒有正在迴游的鮭魚，但總是會有個幾條經過，而雷夫已經學會如何等待。

等待。

雷夫把魚叉的尖端放入水裡，站在那兒，像一塊石頭或一棵樹那樣一動也不動。過沒多久，那些魚就會以為他一直都在那兒，是溪床的一部分，然後逐漸游過來。

等魚群更靠近時，雷夫便瞄準一條銀色大鮭魚，朝著牠的腹部下緣猛力一戳，立刻刺中了牠的肚子，接著雷夫把魚叉一轉，讓叉尖的倒鉤咬住魚身，再將牠甩到岸上。

雷夫拿起一塊石頭朝這魚猛力一砸，了結牠的性命後便回到火堆，用刀將魚身剖開，把肉攤開放在石板上烘烤，然後又把魚肝（這是一條公魚，所以沒有魚卵）和魚頭放進鍋裡，再把鍋子拿到海邊裝了些海水後，就送進火堆。

雷夫又往火堆添了些木柴，並放入青草和葉子讓火堆冒煙，以免蒼蠅和渡鴉（這時牠們仍然三三兩兩聚在旁邊的地上或樹上等著）前來叮咬或啄食烤架上的魚肉。

一切就緒後，雷夫坐在火堆旁，背靠著一塊大石頭，聆聽渡鴉們的叫聲。

這時，毛毛雨已經停了，太陽也從雲層後面露臉。雷夫的臉頰被晒得熱呼呼，肚子裡還裝著新鮮的魚肉以及一些黑莓。

此刻真是太完美了。

他應該將這個時刻保存下來，雷夫心想。一定有某種方法能把這樣的時刻留存，銘刻在他的心上，等到以後情況不那麼美好時再來回味。

雷夫想著，或許可以把它寫成一首歌在划船時唱誦，或者編成一支盾牌舞，但馬上又認為這兩種方式都不長久。「一定有個更好、更持久的辦法！」雷夫心想。如果他有一把鑿子，就能把他的故事刻在石頭上；如果他更有學問，甚至能用盧恩符文（rune）*來刻。但雷夫沒有鑿子，也做不出一把來，所以只能想想別的辦法……

這時，就像火星子從火種迸出來，雷夫的腦海中突然冒出一個念頭：他要畫下來。然而，雷夫既沒有畫筆，也沒有顏料，該怎麼畫呢？

* rune，古代北歐民族使用的文字。

雷夫想到，他有一把刀。

還有木頭。

數不清的木頭。這裡到處都是古老的雪松木。他可以用自己的手斧從木頭上劈下一塊板子，用沙子磨平，再把他的故事刻上去。

不，他要把他所經歷的時光以及他記憶中的情景統統刻下來。這樣就可以成為一個故事。一個屬於他的故事。

他要把他的回憶刻在木板上。

順水漂流

逐漸地，雷夫不再去想未來的事了。

太陽晒得雷夫全身暖洋洋的，他優閒地划著獨木舟，一直往北走，並且經常放下船槳，隨著潮水前進。當潮水往南流，方向不對時，雷夫就把獨木舟繫在岸邊，趁機打盹，或是在一塊從雪松劈下來的木板上雕刻，直到潮水轉向為止。燻魚快吃完時，雷夫便划到海灣抓幾條鮭魚飽餐一頓，再把剩下的鮭魚烘乾，然後就繼續往北走。

由於這一帶到了夜晚時天色也只是略微陰暗，並未全黑，因此雷夫並沒意識到時間過了多久，只是不停划著獨木舟，經過一座又一座森林，並用鮭魚和黑莓餵飽自己。

雷夫意識到自己已經愈來愈強壯，也愈來愈有力氣了。這時他想起從前的光景：他曾經病得快死掉，也曾親眼目睹小卡爾嚥下最後一口氣，並以為自己也活不成。但現在，他卻康復了……

現在雷夫既划得動這艘用雪松木做成的獨木舟，也能捉鮭魚、採黑莓來吃，讓他有力氣一直往北方前進。雷夫一度以為自己辦不到，現在卻一切順利，而且他還愈來愈有力氣，目標也愈來愈堅定了。

儘管雷夫尚未完全恢復，但已漸入佳境，連他自己也很詫異。他沒想到居然可以像現在這樣一個人坐在獨木舟裡，隨水漂流，看著一旁緩緩掠過的森林，在木板上刻著他的故事。這一切都讓雷夫感到驚訝。

不過這一路上他並非孤身一人，渡鴉們也經常與他為伴。雷夫乘著獨木舟經過時，有的渡鴉會飛到他附近，有的只是蹲在樹上，有的則飛到上空看著他。曾經不只一次有渡鴉飛到他的船頭（就像之前那隻老鷹一樣）打量船裡的燻魚，彷彿在計算燻魚的數量，然後一邊對著其他渡鴉嘎嘎大叫，一邊飛走了。

「牠們在談論我和我的食物，還嘲笑我呢！」雷夫心想。

除了渡鴉，老鷹也一路相隨。老鷹雖不像渡鴉靠雷夫這麼近，卻經常從半空俯衝到獨木舟前方的水面抓魚。令雷夫驚訝的是，老鷹常因為抓到的魚太重而不得不將魚丟回水裡，就算帶得動那條鮭魚，也必須小心翼翼地將魚打直，讓魚頭在前，魚尾在後，形成一直線。因為如果把魚橫過來拿，左右重量就容易失衡，害老鷹難以飛行。

偶爾，也會有烏鴉在那些正在抓魚的老鷹旁邊飛來飛去，試圖啄掉老鷹的眼睛，讓牠們（尤其是那些頭羽尚未變白的小鷹）既氣憤又無奈地把抓到的魚丟掉，只能設法再抓一條，但那群存心找碴的烏鴉還是會緊追不捨。

為了覓食，松鴉和那些體型較小的鳥類也加入混戰，所以獨木舟的四周和上空常有大大小小的鳥兒盤旋著。牠們似乎很喜歡把糞便拉在獨木舟裡面以及雷夫頭上，雷夫只好時不時舀些海水潑在頭髮上，把那些髒東西沖掉。

但是不知何故，每隔一段時間，所有鳥兒（除了渡鴉之外）都會消失不見。雷夫猜想這應該是因為那些烏鴉、小鳥和老鷹各有地盤，因此每當獨木舟走到兩個地盤中間的水域時，情況就會相對平靜。

除此之外，雷夫還發現渡鴉們似乎沒有特定的領域；就算有，牠們還是會入侵其他鳥兒的地盤。有幾隻渡鴉因為翅膀或背羽已經褪色，具有明顯的特徵，因此雷夫認得牠們。雷夫注意到無論他走到哪裡，這些渡鴉都緊緊追隨。因此，每當雷夫需要小睡片刻時，就會把船停下，將纜繩繫在岸邊的樹上，然後躺在燻魚上以免被渡鴉偷走。每次醒來時，雷夫都會發現那些渡鴉還在那兒。

除了鳥兒之外，這一路上雷夫也經常看到虎鯨。虎鯨始終都待在主要水道上朝北前進，但因為牠們距雷夫較遠，因此雷夫看不清牠們，不確定他認識的虎鯨是否身在其中。

然而，雷夫幾乎每天都會看到一些虎鯨從他身邊經過。雷夫有些納悶，他看到的虎鯨統統是往北游，而且顯然目的地很明確，可是虎鯨不可能像他一樣，是為了逃離瘟疫和死神才這麼做。此外，這些虎鯨也像雷夫一樣，並不急著前進。有好幾次雷夫都看到虎鯨們在海灣盡頭停下，用泡泡網捕捉鮭魚。但無論如何，牠們自始至終都是往北游。

除了虎鯨之外，雷夫並未看到其他鯨魚。之前他在大船上工作時，曾在遠處看過其他幾種鯨魚。牠們潛到水裡時，那露在水面的巨大尾鰭每每令他驚嘆。但在這一帶，除了黑白肚腹分明的虎鯨和顏色類似的小型海豚外，雷夫從未見過其他鯨魚。

走著走著，雷夫的生活開始有了節奏。當潮水流向北方時，他就放下船槳，順水漂流；當潮水流往南方時，就把船繫在岸邊，吃著鮭魚和黑莓，放鬆地躺在獨木舟底部，枕著那捲毯子沉沉睡去。

然而，雷夫就是在這樣的情況下，再度險些丟了性命。

逃出漩渦

之前雷夫一直順著海潮前進，以為自己對海的特性已經很了解，但這回讓他險些遭難的也正是這些海潮。

這一路上，雷夫經過了幾千座大大小小的島嶼，也曾在其中幾座停下來歇腳、把獨木舟晒乾、燻製鮭魚並燉煮魚湯。

至於那些島嶼的位置以及其所代表的意涵，雷夫從未多想。即使想了，可能也認為這對他來說並不重要，也不相干。

雷夫心想，無論這些島嶼位處何處，都是大自然、奧丁或大海的旨意。因此這些島嶼的地點一點也不重要。

只是雷夫萬萬沒想到，這點居然險些要了

他的命。

這些無處不在、多得數不清的島嶼和海灣，雖然看似散布各處，卻都是巨大的海洋生命體的一部分，彼此間有著連動關係。

這些小島和潮汐之間的關係也是如此。

因此，島嶼和海灣的分布位置就變得很重要了。當島嶼周遭的海水受到潮汐牽引湧入海灣時，水流因為受到地形影響，有時速度會變慢，但在轉彎處力道會加強；到了滿潮時，岸邊的所有地方都會被海水淹沒。

不過並非所有海岸都會在轉眼間被淹沒。淹沒所需的時間會因著地點、海灣的長度以及島嶼的大小而有所變化，因此往往要等上好一段時間，海水才會淹沒整片海岸。

當潮水漲到最高處，吞噬了整片海岸後，有一小段時間會呈靜止狀態，接著才開始退潮。退潮時，海水就會再度往海灣外流動。

這時，島嶼和海灣的位置就非常重要了。在大多數地區，潮水只是往海灣外面流，因此雷夫只要停泊在岸邊休息、橫渡水流或者順流划行就可以了。但有時，從海灣湧出的潮水會比海峽裡的水流快，因此兩股水流會合時，就會接連拐彎，而且力道愈來愈強，不久就開始打轉。之後，當湧入的潮水愈來愈多，就會發展成一個有如怪獸般巨大、快速，不斷向下旋轉的可怕漩渦。

如果海潮漲得很高，海水量比平常多，這類漩渦可能會變得非常巨大，把附近的東西統統吸進去，讓它們不斷下沉，並無情地將它們吞噬。

但當時雷夫並不懂這些。

他正躺在獨木舟裡，枕著那捲毛毯睡得很熟。

由於雷夫發現他睡覺時那些渡鴉會變得大膽，甚至試圖進入毯子裡，於是他將裝備也包在毯子中，捲起來再用繩子綁緊，並且把燻魚放在身邊，用一隻手護著。儘管如此，有時渡鴉們還是會肆無忌憚地啄食他手臂旁的魚肉。

然而，此時此刻，陽光是如此溫暖，獨木舟又像搖籃般輕輕晃著，舒適無比。漸漸地，雷夫就睡得不省人事。

如果不是一隻站在船緣想偷吃燻魚的渡鴉救了他，雷夫可能就沒命了。這隻渡鴉膽子特別大（但也可能是牠比其他渡鴉更餓），想從燻魚上咬下一大塊肉，可是那塊肉太重了，而且連在魚皮上撕不下來，結果一用力拉扯便失去平衡，瘋狂撲拍著翅膀掙扎後，最後摔在雷夫臉上。

雷夫驚醒後，那隻渡鴉也趕緊飛走了。雷夫原本想躺回去，卻有些遲疑，因為他發現獨木舟移動得比平常快，遠處海岸上的樹木飛快掠過他眼前。雷夫感覺很怪，於是坐起身來，想看看是怎麼一回事。

最初，雷夫並不明白他眼前看到的景象：獨木舟正位於一個看起來像是不斷打轉的水池邊緣。

這是怎麼一回事？獨木舟怎麼會來到這裡？

雷夫只是覺得很怪，但並不知道自己已經深入險境。

雷夫趕緊跪下，拿起船槳。他感覺自己距離那個水池的中心還很遠，因此只要趕緊划走，就不會被捲進去。

於是，雷夫掉轉船頭，用力朝反方向划去。

時間還很充分，雷夫心想。

但事實並非如此。儘管獨木舟的船頭朝外，可是無論雷夫多麼用力地划，船還是無法擺脫那個漩渦，只是一味地繞著那個巨大漩渦移動，而且離中心愈來愈近了。

難道他就這樣被困住了嗎？雷夫心想。怎麼會這樣呢？

雷夫更加賣力划著，手臂、肩膀和背都痛得像火燒，想對抗那個漩渦的吸力，但還是無濟於事。

這時，雷夫透過眼角餘光看到有棵巨大枯木直直從漩渦中心突然浮起，樹枝猛烈擺動著，彷彿正用它那蓬亂的黑色枝枒向雷夫招手，要雷夫和它一起沉入底下那個黑暗的世界。但轉眼間，樹枝就被水流吞沒，消逝無蹤了。

雷夫雖然已用盡了全身力氣，但還是無法擺脫那漩渦。漩渦旋轉的力道愈來愈強，獨木舟就像一根浮木或一片葉子被它牢牢抓住。雷夫心想：此時此刻，無論他怎麼做，都沒用了。

後來，那漩渦因為旋轉猛烈，便引發了其他規模較小但力度相同的橫流*，其中一個攫住了獨木舟。雷夫還來不及回神，船就翻了，他也掉入水中。

雷夫大驚失色，立刻抓住船身。此時，獨木舟雖然裝滿了水，卻仍在水上漂浮，畢竟這艘船是木頭做的。那捲毯子則在他附近漂著。雷夫伸手去抓，卻沒抓到，因為毯子很快就漂走了。

雷夫此時已無計可施。他的獨木舟大半都沒入水中，他在水裡緊緊抓著船身，認定自己必死無疑。他的生命就要結束了。

一切都要結束了……

這時，周遭一切開始加速進行。在水流的作用下，雷夫和獨木舟距離漩渦中心愈來愈近，他已經看不清楚岸邊的樹木。後來，水流速度愈來愈快，將雷夫推向漩渦的中心附近。他感覺漩渦就像怪物，正咆哮著張開血盆大口，要將他吞噬下肚。

現在，漩渦就像用爪子抓住他的雙腿，讓雷夫的手鬆開獨木舟，將他捲到漩渦中心，並且往下拖。雷夫咕嚕咕嚕地呼出了最後一口氣，知道他的生命就要結束了。

於是，雷夫放棄了。他知道他已經完了，就要死在這裡了。他將

＊和周遭流向相反的水流。

看到小卡爾，並前往那神祕的瓦爾哈拉。他被一股力量牽引著，愈陷愈深，最後腦海裡只剩下一些飄忽的念頭、片段的回憶。接著，便進入了一片茫茫灰暗中。他要死了……

然而，一切在片刻間結束，就像開始時一樣倉卒。潮水停止後，水流就不再旋轉，漩渦也消失無蹤。

消失得那樣突然。

雷夫像一根木頭一樣浮上來，等到頭露出水面後，便用力把卡在喉嚨和肺部的積水咳出來，再大口大口地喘著氣。那聲音聽起來簡直像是虎鯨在噴水。

「啊！」

他沒死，沒有完蛋，還能聽到自己發出的聲音，還能看到那些樹，感覺到空氣的存在。

空氣是多麼甜美，彷彿是用蜜釀成的。

此刻，獨木舟就在雷夫附近（它也被漩渦吐了出來），而那捲毯子則在稍遠處載浮載沉。獨木舟裡雖然裝滿了水，但正面朝上。雷夫找到綁在船頭的纜繩後，使出九牛二虎之力拉著獨木舟游到毯子所在之處，把那溼漉漉的毯子塞進裝滿海水的獨木舟裡，再用牙齒咬住纜繩，往岸邊游過去。但雷夫發現這個方法並不怎麼管用，因為獨木舟幾乎沒往前移動，於是他便吐出繩子，繞到船尾，開始用手推。

雖然雷夫使出了渾身力氣，但船還是走得很慢，不過已經比用牙齒拉著稍微好了些。雷夫蹬著腿、推著船，努力朝岸邊游去，卻感覺海岸離他如此遙遠，似乎永遠也到不了。他一邊游，一邊試著找到自己的節奏。

前進、踢腿、前進、踢腿……

海水很冷，他全身痠痛，感覺時間過好慢。雷夫游著游著便陷入了沉思：那怪物般的漩渦是怎麼形成的？又是如何運作？為何他能再次逃過一劫？難道奧丁要他活下去，所以出手了？

想到這裡，雷夫臉上露出了笑容。儘管此刻他感到沮喪、疲憊，不想再往北走，也不想再推著這艘裝滿海水的沉重獨木舟前進，但他臉上卻露出了笑容，因為他想到：「或許我的身體有一部分是鰻魚、我的體內流著鰻魚的血液，所以很容易就被漩渦吐出來，我才能保住性命……」

雷夫一邊胡思亂想，一邊繼續前進、踢水。

終於，他感覺船頭似乎碰到了海岸，抬頭一看，發現前面就是一座島嶼。

雷夫把腳往下一伸，腳掌就觸到了海底，而且水深只到他的腰部，腳下則是觸感美妙的礫石岩床。雷夫站起身來，把獨木舟推到礫石岩岸上，將船身翻過來把水倒掉，然後又把他之前綁在船頭（幸好他這麼做了）的那支備用槳解開，把槳放在岩石上晾乾，再把毯子攤開，讓毯子也能晾乾。一切就緒後，雷夫就開始清點他的損失。

他把魚叉弄丟了，因為之前不知何故並沒有用繩子把魚叉綁在獨木舟裡。更不用說，所有燻魚和他的故事板也一併掉到水裡了。

但也就這樣了。情況並不算太糟。

飢餓感開始襲來，得去找些食物才行，但他必須先休息一下。為了把獨木舟推到岸邊，雷夫已經用盡了全身最後一絲力氣。於是，他趴在那被太陽晒得暖烘烘的礫石上，把一邊的臉頰靠在雙手上，接著閉上了眼睛。雷夫的眼睛突然睜開了一下，隨即又闔上。

然後，他就睡著了。

與萬物合一

睡夢之中，飢餓感再次咬齧著雷夫。

剛才，雷夫睡了很久，夢見了一條黑暗的地道。彷彿有誰一直把他往下拉，拉到從前老卡爾所說的那個「尖叫洞穴」。那裡有凶惡的神獸，會把懦夫的肉從骨頭上撕下來。

當雷夫又夢到自己被一隻巨大的手（是奧丁的手嗎？）從地道裡拎出來時，他就醒了，而且感覺餓得發慌，只好把兩顆小卵石放進嘴裡，讓他的舌頭有點事做。但因為實在太餓了，雷夫還得盡量克制自己，以免把那些石頭吞下去。

魚叉沒了，但雷夫找到一叢楊柳，做了一根新的叉柄。雖然鋼製的魚叉矛頭也沒了（唯一的那個已經隨著那把魚叉消失在漩渦中），但雷夫從前看過老卡爾用木頭製作魚叉矛頭。

雷夫砍了一段比老卡爾身高還長的楊柳樹幹，然後削去樹皮放在太陽下晒乾。等樹液乾掉後，便用刀子把較粗的那頭切開一截，再把一個木片塞進那切口，做成一個兩齒的魚叉矛頭，兩個叉齒相距約一個手掌寬。

接著雷夫用繩子把魚叉矛頭固定在叉柄上，然後又仔細地用刀子把兩個叉齒削尖，直到它們變得非常鋒利，用手指一碰就會見血為止。

這樣他又有了一把魚叉。

雷夫走到溪床上，看到水裡有些魚在游，他便站在那兒等著，直到魚兒們把他當成溪水的一部分為止。

終於，有一條魚游到了他可以刺中的距離，於是雷夫用魚叉往下一戳，刺進了魚肉。雷夫心想，他抓到了一條魚，終於有東西可吃了。

可惜那木製的魚叉矛頭並沒有倒鉤，因此當雷夫試著把魚舉到溪水上方時，牠就滑脫逃走了。

雷夫搖搖頭。「不行，我必須再換個方式。」那叉齒因為碰到了魚身底下的石頭，已經有些磨損，於是雷夫用刀子再度把叉齒削尖，然後回到溪床上。

雷夫又等了好一會兒。但是剛才那條魚被他刺中時掙扎得太厲害，把其他魚都嚇跑了，雷夫只好站在那裡一動也不動地繼續等待著。就在這時，他突然意識到周遭一片沉寂。

之前，四周雖然沒有很吵，但總是可以聽到烏鴉的嘎嘎聲、渡鴉的咯咯聲以及其他鳥兒的聲音。

但現在，什麼聲音都聽不見了。

四下一片死寂，只有溪水潺潺流過他腳邊的聲音。雷夫環顧周遭的樹林，又看著溪水，可是什麼都沒看到。

四周依然靜悄悄的。

雷夫頸背上的寒毛豎了起來，一股寒意沿著脊梁往下竄，接著又往上升。

然後，雷夫就看見了牠。

不，應該說雷夫感覺到牠了，因為風是從海上吹來的，但岸邊的柳葉卻逆著風窸窸窣窣地擺動著。

雷夫看到柳樹的葉子以及低處的樹枝間有什麼東西在動，而且方向同樣和風向相反，同時，樹叢中露出一塊深黑色的斑點以及一小團濃濃的、棕色的雲。突然間，一隻巨大的棕熊悄無聲息地走出樹林，站在那兒看雷夫。

雷夫心想：「喔！」

然後暗喊一聲：「糟了！」

「那該不會是一頭熊吧！不可能的！牠太大了，不可能是熊……牠大到連太陽都能擋住呢！」

之前，雷夫從未見過棕熊，只聽過船上水手們講述有關棕熊的事蹟，但雷夫一直以為那些都是水手自己編的，只是為了讓自己聽起來既厲害又聰明又勇敢。

但眼前這隻熊可不是虛構的。

牠高大得像座山，比雷夫之前看過最大隻的黑熊都還大個兩、三倍。

此刻，棕熊正盯著雷夫看。不，應該說牠是往雷夫所在的這個方向瞧，似乎雷夫並不存在，或者並不重要。

雷夫瞄了一眼那艘倒扣在海灘上的獨木舟。獨木舟的位置太遠了，他根本來不及跑到那裡跳上船，再下水逃生。接著，雷夫又瞟了一眼上方的樹林（但他並未抬頭，因為他的直覺告訴他最好別動），但那也沒用，他根本到不了那兒。於是，雷夫的視線又回到海上。雷夫心想，說不定他可以跑到岸邊，跳進海裡游走。然而，如果那頭熊想追他，他可能還沒跑到水深過腰的地方就會被棕熊逮到了。

棕熊離他太近了。

太近了。

如果棕熊要攻擊他，雷夫根本無計可施。但此時一件奇怪的事情發生：雷夫的心情突然放鬆了。

「其實沒有什麼好擔心的。」雷夫心想。棕熊就像一場可能來襲的風暴，擔心也沒有用。如果被棕熊抓住了，也不過像被一陣暴風吹走罷了。

之前那場瘟疫並未要了雷夫的命，後來他也沒有餓死。掉進漩渦後，他更是像鰻魚肉一般被漩渦吐出來。從前，雷夫在船上也曾遇過猛烈的暴風雨。如果奧丁要帶他走，有的是機會。

眼前的情況也是一樣。

他是否能活命，其實並非取決於那頭熊，而是取決於命運，取決於奧丁，取決於他的運氣。

想到這裡，雷夫的心情就放鬆下來，頸背上的寒毛不再豎起，呼吸也恢復了正常。然後，雷夫保持動也不動地站在那裡等待著，並且仔細端詳那頭熊。

此時，棕熊正朝著獨木舟和那條正晾在岩石上的毯子走去，邊走還邊用鼻子嗅聞地面。雷夫驚訝地發現：棕熊幾乎沒發出什麼聲音。牠的體重想必有好多個男人加起來那麼重，但牠的腳掌觸地時卻無聲無息。

棕熊的身軀異常肥大，走起路來身上那出奇濃密的毛皮便在皮下脂肪的擠壓下有如波浪般起伏著，並且在陽光下就像海豹的毛皮一樣閃著近乎金色的光芒。當棕熊愈靠愈近時，雷夫看到一群蟲子在牠那長長的毛髮四周飛來飛去。

棕熊走到那張毯子旁邊便停下腳步，伸出一隻長長的腳爪小心翼翼且極其靈巧地將它掀開，聞了聞那下面，然後便將毯子丟到一旁。接著，棕熊便將注意力轉向那些較小的物件，包括繩索、手斧以及裝鍛鋼和打火石的袋子。棕熊用牠巨大的爪子將這些東西一一拿起來，翻來覆去地仔細觀看，而且一邊嗅聞，還一邊噴氣。然後，棕熊走到了獨木舟旁邊。

棕熊聞了聞獨木舟的內部，慢吞吞舔著上面的一灘漬痕，接著又用一隻手掌將獨木舟翻了過來，聞了聞船底。然後棕熊轉身站在水邊，看著此刻正站在及膝的溪水中、距牠只有大約五步遠的雷夫。

雷夫心想：「如果我死在這兒，那就是我的錯。因為我對熊不夠了解。」

雷夫的視線掠過那頭熊，看到地上散布著幾小堆尚未全乾的熊糞。那是他之前沒注意到的。

「可是我當時已經很累了。出了漩渦後就一直忙著把獨木舟推到岸邊。但難道我累到連這些跡象都看不到嗎？當初我應該回到獨木舟上，找個安全的地方休息和捕魚的，這樣我就不會白白送掉自己的性命了。」雷夫心想。

「那些熊糞就在那兒。我只要睜開眼睛，就會看見。」

此刻，那頭棕熊就站在那兒審視著雷夫，距他只有幾步遠。雷夫的命運和未來就掌握在棕熊的手裡。

「牠正打量著我呢。」

「這都是我的錯。」

「所有的跡象都在那裡，我卻沒看到，那是因為……」

「因為我是個該死的傻瓜。」

最後，雷夫又想：「那是因為我沒有融入環境。我雖然人在這裡，心卻不在，沒有真正融入這個地方。」

「我一直都是個過客。」

這時，那熊噴了一下鼻息（雷夫可以聞到牠那帶著爛魚、蛀牙和黑莓味道的氣息），然後左右晃著腦袋，揚起鼻子，把嘴巴微微張開。

「牠正在聞我的氣味呢。」雷夫心想。

但突然間，棕熊哼了一聲就悄然轉身走開，消失在一旁的樹林裡，就好像牠從來不曾出現似的。

牠是一隻幽靈般的熊。

「但牠不是幽靈，是一頭活生生的熊。」

雷夫知道，因為他立刻雙腿一軟，跪倒在水裡了。

「那是一頭活生生的熊。」

「牠原本可以殺了我，把我吃掉，但牠沒有。可能是因為牠剛才已經抓了許多鮭魚，吃得很飽，也可能是因為我運氣好。」

「牠原本可以取走我的性命的。因為我，雷夫，並沒有融入周遭環境。」

「我沒有成為我所在之處的一部分，沒有融入這裡的樹木、大海、風、鯨魚和熊。」

他應該融入這一切，但他卻僅僅是個過客。

於是，雷夫暗自向奧丁起誓：

「我要融入這個地方，成為它的一部分。」

「我會不斷觀察、學習，認識這裡以及所有我即將造訪的地方。」

雷夫立了誓，有了更深的體悟後，便將他僅有的物件（包括鍋子、手斧和繩索）包在那條已經晾乾的毯子裡，捆成一捲，綁在獨木舟裡。然後雷夫就把船推入水中，拿著槳跳進去，開始沿著岸邊往前划。他決定以後都要待在海岸附近，以免再度遭遇漩渦。

雷夫划了大半天一直沒睡覺，只是不停觀察著每個可以停船捕魚的地方，審視那裡的地面，聆聽鳥兒的叫聲，注意牠們是否突然安靜下來，因為那向來是危險的訊號。

最後，雷夫終於到了一條小溪的出海口。當他確定那裡沒有熊出沒的跡象時，便停下來，把船拖到岸上的近水處，以便必要時刻可以很快逃走。

然後，他就拿著那根木製的魚叉去捕魚了（他很訝異之前看到那頭棕熊時，居然沒嚇到失手讓魚叉掉到水裡）。但這回雷夫不再把刺中的魚舉起來，而是先將牠們按在水底，再往旁邊一滑，將牠們送上岸。

雷夫抓到五條肥美的銀鮭後，便將牠們放進獨木舟，然後又回到溪裡抓了一條母鮭魚，將牠剖開，吃了一把魚卵止飢。

接著，雷夫又帶著捕來的魚沿岸航行，直到抵達一座夠偏僻、幾乎不可能有熊出沒的小島，才在那裡停船、生火、燻魚並燉煮魚湯。

但是那裡的渡鴉和烏鴉看到死魚就都飛了過來，嘗試逼近他的烤架，雷夫只好坐在火堆旁把牠們趕走。

雷夫烤了一整條鮭魚，等到魚肉微微冒著熱氣、風味變好時，馬上將魚肉統統吃下肚。吃完後，雷夫舔了舔手上帶著鹹味的魚油便往後一靠，開始胡思亂想。

雷夫心想，他必須再做一塊新的故事板，但這回要換個方式。之前那塊板子上，他只刻了一隻虎鯨和一條鮭魚，上面沒有故事，只有圖像。現在，雷夫要加上一些東西，以便訴說這一切是如何開始的，包括那座捕魚營地、那艘死亡之船以及老卡爾等等。此外，他還得去採一些黑莓，因為鮭魚加上黑莓就是簡單而完美的一餐。說到黑莓，雷夫便恍惚想起那頭熊停下腳步，吃了些青草。這聽起來似乎有點怪。但如果熊會吃青草，或許他也該試試。或許他可以在魚湯裡加些青草。黑莓、故事、魚、青草、魚湯……

想著想著，雷夫又睡著了。

但這次他很安全。

儘管睡著了，但每隔一段時間，雷夫還是會醒來在火堆裡添些木柴和青草，以免渡鴉來偷吃魚肉（牠們現在已經變得很大膽，像雞一樣在火堆四周走來走去，毫不掩飾）。

雷夫心想：不知道牠們的肉吃起來是什麼滋味？可是他很快就打消這個念頭，因為他已經有魚肉可吃了；況且就算真能抓到一隻渡鴉，牠們的肉吃起來也可能又老又多筋。再說，渡鴉非常機靈，總是離他遠遠的，並不好抓。除此之外，雷夫已經愈來愈習慣牠們的存在，很樂意有牠們為伴，也喜歡聽牠們交談，他實在捨不得……

當雷夫終於休息夠了，就回到了海上。不久，他又找到一些黑莓，他一直吃到肚子脹得像一面鼓為止。

在那之後，雷夫一直小心翼翼地沿著海岸線往北前進。遇到較淺的海灣時，他就會划進去；遇到較深的海灣時（有時甚至一眼看不到盡頭），他就會從灣口快速通過。

「現在，我已經和我的獨木舟合而為一。它就是我的皮膚、我的身體和我的心靈，而我就是海水、木頭、太陽和鳥兒。」

「我們都是一體的。」

「萬物都合而為一了。現在，我已經是其中的一部分。」

「我已經屬於眼前的一切，是它們當中的一分子。」

大海的脈動

這幾乎成為雷夫的日常了。

如果划船划累了，雷夫就會找個安全的小島，把船停泊在那兒。或許到岸上紮營，或者把獨木舟繫在岸邊的樹上，直接睡在船裡面。

肚子餓的時候，雷夫就吃點東西。食物不足時，就停下來休息，找一條沒有熊糞的溪流捕魚（雷夫覺得他如果再碰到熊，大概不會像上回那麼好運了）。萬一魚叉斷了（這經常發生），雷夫就再做一支；吃膩了鮭魚肉，就吃點黑莓；如果找不到黑莓，雷夫就把熊常吃的一種青草切碎，和鮭魚一起燉成一鍋蔬菜魚湯。

有時，雷夫會在這些小島上停留一兩天，

搭個比較像樣的營地、生一堆火，在地上鋪層雪松枝葉，並把獨木舟拉上岸，將它放在松枝上晾乾。不過，雷夫也得留意不能讓獨木舟過度曝晒，否則木頭太過乾燥，船身就會出現細小裂縫，他可不希望那些裂縫變得愈來愈大，最後釀成問題。

雷夫發現，萬事萬物都講求平衡：船需要晾乾，但不能太乾；肚子餓的話，就抓幾條魚來燻，但也不能燻太多，否則容易放到壞；划槳划累了，就要休息。一切都必須講求平衡。

當雷夫必須在某地停留較久，讓獨木舟好好晾乾時，就會抓緊時間埋頭雕刻他的故事板。雷夫先刻了那座捕魚營地以及那艘死亡之船，現在正在刻畫小卡爾跳舞的情景——但這對他來說很不容易，因為那些回憶令他非常難受。這時，雷夫就會問自己到底為什麼要這樣做。

儘管沒有答案，雷夫還是繼續動手刻著。最後，他下了一個結論：無論他為什麼要把這些故事刻下來，無論這些故事最後有沒有人看到，都不重要。雷夫只想把自己的生命軌跡留在這木頭上，板子上的故事就是生命本身，它們被刻畫下來後，就成了永恆的回憶。無論是否有人看到，或者別人是否了解，都不重要。

它們是被鐫刻下來的回憶。

如此而已。故事就是故事，那是唯一重要的東西。

因此，每當雷夫在某座島上停留較長的時間，便不停地刻著。在此同時，他也有些例行工作要做。由於他有一支槳已經掉進漩渦裡了，便找了一棵已經乾裂的雪松樹，從上頭削下一長條，用斧頭和匕首將它做成一支備用槳，再拿幾把溼潤的沙子把槳的表面磨光，就像他打磨那塊故事板一樣。然後，雷夫就把這支槳、包覆其他裝備的那捲毯子，一起牢牢捆在獨木舟底部。一路上，他遇過許多漩渦，但都不像他之前掉進去的那個那麼巨大，有些甚至只是由潮水形成的渦流罷了。現在雷夫已經明白這些漩渦成形的原理，所以輕易就能避開。

對雷夫來說，長時間待在一座島上不再是一件難事了。剛開始他還不太習慣這樣的生活，因為之前他在船上時大多待在一個安靜幽暗的角落裡，吃飯時得靠著一個類似木槽的容器用手取食，還得提防和他同槽共食的水手搶走他的鰻魚肉。錨鏈艙（chain locker）*裡的一張帆布吊床就是他睡覺的地方。但艙裡總是散發一股腐爛的臭氣，而且那張吊床已經發霉。雷夫身上的衣服同樣是帆布做的，那時他根本無法決定自己的生活。每當船隻停泊在岸邊或碼頭時，他就會被關進船前的錨鏈艙裡，直到再度出海。那時，雷夫總在別人的眼皮底下被監禁著。

但現在，除了他以外，再也沒有別人了。

這種滋味多美妙！雖然雷夫剛出航時遭遇不少困難，例如得想方設法避開熊，還得撿柴生火、搭造棲身處所，但他很快就開始享受其中樂趣，久而久之甚至愛上這種自由自在的感覺。

現在，他三兩下就能把獨木舟拉上岸，倒扣在地上，做成一間斜頂棚屋，再找個廢棄的老鼠窩或地松鼠巢當火種，用鍛鋼和打火石生火，拿鮭魚和青草煮湯。這些都做好後，雷夫就會坐在岩石上刻他的故事板或製作魚叉之類的。

現在，他可以隨心所欲了。

雷夫感覺外在的事物已經與他的內在合而為一。他不再像從前那樣住在一艘破破爛爛的船上，被困在某個黑暗狹小的角落裡，而是以天為幕，以地為席，森林、天空、溪流、海洋全都成了他的家。

當他在毛毛細雨中坐在火堆旁把東西烘乾時，不禁思索：以奧丁之名，他該如何把這種感覺雕刻出來呢？

---

* 船首收納船隻錨鍊的狹小船艙。

「有些事情或許只能親身體會。」他想。

雷夫一路往北走，經過了一座又一座海灣，遇到沒有熊出沒的島嶼就停下來休息。但某天下午（也可能是早上或晚上，因為現在他已經分不清時辰了），雷夫才剛將獨木舟划出海灣，就發現船底下的海水流動方式似乎和從前不太一樣了。

潮水依舊在流，只是有了一些改變。

海裡開始有了浪濤，那是一種與潮水無關的輕柔波動，是他之前在獨木舟上未曾體驗過的，但不知怎地，這種感覺卻又似曾相識。

然後，他想起來了。那是海上的長浪。當年他待在大船上時就曾經見識過，只是不曾如此近距離地感受到。那些長浪在海灣裡與島嶼間逐漸成形，使得海面發生變化。

老卡爾曾說，那是海洋的心跳。「你要去感受它的脈動。」老卡爾一邊說著，一邊坐在一堆已經有些腐朽的繩索上，用他那張缺了牙的嘴巴叼著一根小小的陶土菸斗，抽著臭烘烘的黑菸草。「那是海水的脈搏，繞著世界流動。那些長浪可能數天甚至數週前就在很遠的地方形成了，然後就一直流呀流的，彷彿不知疲憊，而且流得愈遠，力道愈強……」

在此同時，雷夫也注意到這條位於大陸和大島之間的海峽變得愈來愈寬廣了。遼闊的海面上陽光閃耀著，長浪一波接著一波……

很快地，眼前一切都變得不同。雷夫的右手邊雖然仍有一座又一座的海灣，遠處（距他還有幾天的航程）也看得到其他陸地了，但他已經離開島嶼與島嶼之間那片有如湖泊般平靜無波的水域，進入了廣闊無垠的大海。

此刻，海水雖然平靜，但在這樣遼闊的海面上，如果大海發起怒來，一艘獨木舟是絕對無法招架的。即使浪不大，獨木舟還是會被打得搖搖晃晃，很快就翻覆沉沒。

因此，雷夫必須待在海灣裡，沿著岸邊前進才行。這樣萬一海上風力增強時，才能有個棲身之地。至少，在他走到有小島可供躲避風浪的海域前，都必須這麼做。

但海面如此遼闊，雷夫的獨木舟相形之下就顯得極其渺小。長浪一波波湧來，獨木舟漂浮其上，就像漂浮在水窪上的一片木屑或葉子。

此外，這一帶的海灣也遠比他之前經過的那些更大更深，如同一座座積滿水的巨大峽谷。峽谷的峭壁上往往可見到數十條小河奔流而下，形成瀑布，而且由於峭壁高聳，瀑布水流落到海面前就已化為四濺的飛沫。同時，這裡的海灣也不像南方的那般狹長，其中有些甚至非常寬闊，使雷夫的航程變得更加艱難。

這是因為雷夫光是沿著岸邊進出這些海灣，可能就要花上兩、三天的時間，但花了這麼多的時間，走了那麼遠的距離，卻只能往北方前進一點點。如果直接越過灣口往北走，就不需要花費那麼多的力氣和時間了……

然而，在這遼闊的海面上，雷夫的獨木舟是如此微小。況且這些灣口又廣又深，要穿越它們，有一定的風險。

每逢漲潮，大量海水便會湧入海灣。之後，潮水便會趨緩，海面也會平靜下來。再過片刻，潮水便開始退去，此時大量海水會從狹窄的灣口奔湧而出，發出震耳欲聾的轟鳴聲。

剛開始，雷夫的運氣很好。某次灣裡的海水退潮時，他的獨木舟正好繫在岸邊的樹上。因此，他見識到那些潮水的威力之強以及破壞性之大，知道自己如果遇上了這樣的陣仗，絕對沒有活命的機會。

於是，雷夫開始思索對策。

眼前他有兩個選擇。他可以進入沿途所遇到的各個海灣（他之前已經進去過一座），但裡面盡是峭壁懸崖，沒有小島能讓他多做停留，也沒有礫石淺灘可供他捕魚，因此這個辦法是行不通的。

或者，雷夫也能等到潮汐暫歇，趕在海水湧出前划過灣口。

這個辦法奏效了。

第一次渡灣時，雷夫眼看海灣裡的潮水已經漲到最高點，便卯足勁地划，果真在潮水湧出前便越過了灣口。

「嗯，挺靈巧的。像條鰻魚。」雷夫心想。

到了下一座海灣時，他又如法炮製，果然也很成功。

這下子，雷夫便有了信心。「我可以的。辦法是人想出來的。」

之後，雷夫來到了另一座海灣，灣口的寬度是之前的兩倍，因此船要走的距離就更長了。他對自己喊話：「一樣只是划水而已，只要再多出點力就行。」

但事實並非如此。

雷夫像從前那樣，等潮水漲到最高點、海水暫時停止流動時，就開始往前划。

但這回出現了幾個他始料未及的狀況。

首先，雷夫發現自己有了些新同伴。這一路上，船隻附近總有渡鴉和海鳥出沒，也常有虎鯨隨他往北前進。雖然這群虎鯨距雷夫頗遠，並不容易辨識，但牠們幾乎總是跟在雷夫身邊。

然而現在，雷夫四周突然多了一群小海豚。由於牠們數量不少，游得又快，因此雷夫也數不清牠們究竟有多少隻。而且，這些海豚的體型比他從前在大船上看到的那些海豚小，腹部還像虎鯨一樣明暗清晰。

這些海豚不僅游得快，還不時從他前方的水面上冒出來，再從船邊往下潛，彷彿在和獨木舟玩耍似的。因為牠們往往靠獨木舟很近，以致雷夫不得不把槳移開，以免打到牠們。

這群海豚不僅航行方向和他相同，牠們游在獨木舟旁邊時還會不時仰起頭來，看著雷夫，彷彿在向他微笑。有牠們為伴，雷夫挺開心的。

就在這時，雷夫注意到一件不是讓他那麼開心的事：潮水已經轉向了，開始往海灣外流。不過，他已經有了準備，所以並不擔心。

但是長浪一波又一波地湧了過來，浪頭雖不大，力道卻很猛，而且方向正好和潮水相反。兩者交會下，便激起了陣陣捲浪。

起初這些捲浪並不大，但接二連三湧來的長浪不斷把潮水往後推，讓潮水不斷往外流，於是浪就變得愈來愈大。這時，雷夫才明白那群海豚為何會出現在這裡。

看到海豚們不停在洶湧的波濤上翻滾，似乎玩得很開心，雷夫不禁莞爾一笑。

但緊接著，雷夫就發現自己正和海豚們一起前進。由於潮水流出海灣的速度愈來愈快，海浪很快就變得愈來愈大。浪打過來時，雷夫感覺他快無法控制住獨木舟了。

整艘獨木舟仍跟著海豚不斷向前。但現在可不是該開心的時候，雷夫很快就發現這樣很危險，因為海浪愈來愈大，可能導致船身打橫，然後翻覆。

他必須讓船頭朝向前方，讓海浪打在船尾，才不會翻船。於是雷夫拿著槳一左一右賣力划著，企圖加快速度，才不致被浪頭趕上。

但雷夫並未成功，因為海浪的速度實在太快了，在他反應前船尾就被浪往旁邊一推，這樣一來船身就打橫了。雷夫心想，這下完了。他的獨木舟必然會翻過來，被浪花淹沒。

那一瞬間，雷夫心想：如果他和那些在水中嬉戲的海豚一起前進，自己卻落水溺斃，相較下會是多麼可笑？但想到這裡，雷夫突然有了一個主意。

那群海豚。

海豚是怎麼辦到的呢？牠們為何不會在海浪中翻覆？

眼下他還有一些時間，雷夫把握機會觀察海豚，這片刻的學習可能左右他的生死。

雷夫看出來了。

海豚並未試圖對抗海浪，而是用尾鰭和身體的曲線順著波面往下衝。

雷夫心想，其實不必對抗海浪，只要把槳豎在船尾當成舵，再逆著浪左右擺動，讓獨木舟沿著海面往下滑，並隨著波浪前進就可以了。

他可以逐浪而行。

成為波浪的一部分。

成為大海的一部分。

當雷夫這樣做之後，獨木舟頓時彷彿有了生命，船尾立刻轉向後方。這個變化發生得如此之快，令雷夫驚嘆不已。因此，儘管浪愈來愈大，他卻欣喜若狂，甚至忍不住大笑了起來。

而且雷夫很快就發現：當他學海豚那樣讓船身稍微斜傾，而非垂直於海面時，獨木舟的行進就更順暢。

然而，情況很快又發生變化。

海浪開始高高捲起，砸下時白沫四濺，並發出隆隆的嘶吼聲，速度也愈來愈快。雷夫一下子控制不住，獨木舟便被沖向海灣。

雷夫努力穩住船身，不讓它翻覆。

但危險的考驗可不只如此，海浪將獨木舟往海灣推時，也同時帶著它越過灣口。也就是說，獨木舟在橫向移動的同時也不斷前進。

這時，雷夫已經到了灣口中央，能清楚看見海浪呼嘯打在對岸懸崖的岩壁上，但他卻束手無策。如果雷夫試圖在波浪上將船身轉向，獨木舟一定會翻覆，他也會落水溺斃；但如果他一直乘著波浪前進，他和獨木舟必然會被海浪猛烈甩到岩壁上，撞得粉身碎骨……

此刻，雷夫真的一點辦法也沒有。

但就在這千鈞一髮的瞬間，那些海豚再度救了他。

雷夫心想，牠們顯然經常這樣嬉戲，一定知道如何在這種情況下自保，於是仔細觀察海豚的動作。只見海豚在海浪中不斷翻滾、穿梭，還不時抬頭看雷夫。等到靠近岩壁時，海豚就會躍出海浪，或者有些會潛到浪底下，然後游開。但多數海豚都選擇迅速轉身，迎著海浪，越過浪頭後就進入海浪後面的平靜水域。

「這些海豚像鰻魚一樣靈巧滑溜呢。」雷夫心想。

所以，雷夫只要模仿海豚那樣，極其快速、準確地把獨木舟掉頭，迎著浪，越過浪頭，再以相同方法對付後面一個又一個的浪就行了……

「這並不難。」雷夫心想。

但雷夫猶豫了，因為他突然想到當他把獨木舟掉頭的那一瞬間，船身就會側面對著浪，因此可能被打翻。不過轉念間，雷夫旋即平靜下來。他知道這已經由不得他了。獨木舟正飛快朝對岸的岩壁靠近，因此已經沒時間細想了。

於是，他深吸了一口氣，以雙膝頂住船身兩側，使出全身力氣拚命划。接著，雷夫將船頭一轉，船身便打橫了。這一瞬間感覺是如此漫長。雷夫聽到浪頭正朝他嘶嘶作響，獨木舟劇烈顫動。接著，船身又一轉，整艘船便穿越浪頭，到達了浪頂。

下一道浪湧來時，雷夫依舊迎著浪划過去。當船頭穿過海浪，雷夫依稀感覺浪花濺在他的臉頰和胸膛上。之後，海面有了片刻的寧靜，但緊接著下一道浪又來了。

雷夫就這樣穿越了一道又一道捲浪，朝灣口彼岸前進，直到從海灣裡湧出的潮水逐漸減弱，終至停歇。之後，他只需要對付那些長浪就行了。於是，雷夫就這樣一次又一次，將船頭對著浪，往上划行並越過浪頭。最後，他終於渡過了灣口，繼續往北走。

不久，雷夫來到一座更大、更深的海灣，但由於他已經掌握了訣竅，因此無論遇到多大的海灣，都能從容應付了。這時，那群海豚又出現在船邊，和他一起衝著浪。

雷夫心想，他已經不同以往了。

因為他不斷在學習。

不，不光是這樣。應該說，他一直在學著如何學習，以便了解更多事。

他變得更厲害了嗎？

不，並沒有。因為這一路上，雷夫看得愈多，體驗得愈多，就更加確信：他是他所經歷的一切事物中，其中最小的一個部分。

所以，他並沒有變得更厲害。

但在某方面仍然有了成長。

雷夫已不再是從前那個以大船為家的孤兒了，也永遠不可能再變回那個模樣。這點他很確定。

於是，雷夫的臉上露出笑容。當他和那群小海豚一起前進，感覺他的獨木舟正生氣勃勃地乘浪而行時，他甚至大聲笑了出來。接下來，他會找個河流出海口，在那裡捕魚、用海水煮魚湯，並愜意地躺在陽光下。

這是他最大的改變。

他心中有了喜悅。

跳舞的巨鯨

沿途風景變了。

正如雷夫已經改變。

雷夫往北航行了幾天後，就看不到任何海灣了，因此只能沿著一條狹長的水道往西北方前進。水道兩旁幾乎沒有任何地方讓他歇腳。當雷夫划得筋疲力盡，不得不停下來休息，或必須暫時找個地方停泊以待潮水轉向時，只能把獨木舟繫在從岩壁長出來的粗大灌木或矮樹上，並且睡在船上。

所幸，雷夫先前已經捕獲七條體型碩大的鮭魚並將牠們做成了燻魚。他發現：如果先用海水揉搓那些鮭魚再加以燻製，魚肉嚐起來就會更甜美，也更有飽足感。

在這段航程中，雷夫沒看到任何黑莓，因此很想念它的滋味。此外，沿途景物單調異常，只有一些渡鴉或海鷗偶爾停在他的船尾休息，與他相伴。

雷夫發現自己其實很喜歡虎鯨與海豚的陪伴，沿途卻一隻也沒看見，於是想回到那個到處都有海灣的開闊水域，不繼續往北走了。他心想：萬一接下來一路上都是這種光景，那該怎麼辦呢？這一帶到處都是岩壁，其他什麼都沒有。雷夫划了很久，卻似乎什麼地方也到不了。有時，他甚至感覺自己只是坐在原地一直划，讓海水從他的船底下流過罷了。當他疲累不堪時，甚至感覺岸邊的岩壁也在往前移動。

雷夫的身體開始向他提出抗議了。他的手臂說，它們不想再這樣無休無止地划個不停，他的背也出聲附和，他的胃則抱怨說它吃不到黑莓。儘管雷夫要它們統統閉嘴，但他已經快撐不下去了。若不是因為想起老卡爾對他說過的話，或許雷夫早已放棄。

雷夫從小就是奴隸，後來又被人輾轉販賣，從一艘船賣到另外一艘，其間飽受虐待與毆打。到了十二歲時，雷夫再也無法忍受，便打算跳進海裡成為鯊魚的食物。當時總有一群鯊魚跟在他們的船後面，等著吃船上丟下來的垃圾，而雷夫感覺自己跟垃圾沒什麼兩樣。

但老卡爾阻止了他。

「情況可能會好轉，」老人告訴他，「但也可能會變壞。雖然我們永遠不知道接下來會發生什麼事，但情況一定會改變的。如果你放棄了，那麼萬一情況好轉了，你不就錯過了嗎？記住，除了大海之外，其他的事都不重要。」

想到這裡，雷夫臉上露出了微笑。他心想：是呀！無論此刻他的手臂有多麼疼痛，他現在的日子還是過得比從前好。

於是雷夫決定繼續前進。又過了一天，他一覺睡醒後，發現前方濃霧瀰漫。這樣的天氣他之前也遇過，但他並不喜歡，因為霧氣會遮擋他的視線。

雷夫坐起身來，拿起槳，順著潮水繼續朝西北方前進。一路上，他幾乎什麼都看不見，甚至連獨木舟的正前方也看不清楚，只是感覺水道似乎變寬了，同時因為水量分散的緣故，潮水的力道也減弱了。

雷夫聽見頭頂上方傳來海鷗的嘎嘎叫以及渡鴉的咯咯聲，心想牠們必定是在霧氣的上方。「牠們會在這麼濃的霧裡面飛行嗎？或者，其實這霧氣只有薄薄一層？」

雷夫還在發呆，這時周遭響起一個他從未聽過的聲音。

那是響亮的水花潑濺聲。

聽起來像是某個巨大的物體掉進（或被丟進）了水裡。

那聲音是從霧氣裡傳來的，有時聽起來很近，有時又比較低沉，似乎來自較遠的地方。

之後，便沉寂下來。

這種聲音又反覆出現了兩三次。聽起來像是海水爆炸的聲音，但既不規則也沒有節奏，總是在沉寂一陣子之後又突然出現。

好一段時間，那聲音不再響起。

於是，雷夫又拿起槳，繼續在霧中平穩地往前划，努力透過這團灰色霧氣看清前方……

突然間，雷夫就像穿過一層厚厚的帷幕般，走出了濃霧。

那一瞬間雷夫終於看清了眼前的景象。原來他已經進入一座很大的海灣，四周被島嶼以及位於東邊的大陸所環繞，形成一個環狀的海域，水面遼闊而平靜。

海灣裡滿是鯨魚——有虎鯨，也有其他體型巨大的鯨魚。只見牠們輪番騰空躍起，又轟然一聲落入水中，水面上到處可見牠們噴出的水柱。

突然間，雷夫看到獨木舟前方的海水開始上漲，似乎被底下的什麼東西往上推。接著水面上便露出了一個鯨魚鼻子，「嘩啦！」一聲，一隻巨大的灰鯨便從水裡冒了出來。牠的整個上半身都露出水面，看起來雄偉無比。過了一會兒，牠又「嘩啦！」一聲從船邊往下潛，弄得水花四濺，響聲如雷，整艘獨木舟似乎都被水花吞沒了。

「如果這頭灰鯨對準我和獨木舟撲來，我們一定再也浮不起來了。」雷夫心想。

雷夫簡直不敢相信獨木舟仍浮在水面上，沒有被弄沉。剛才那隻灰鯨躍入水中時，產生了一股巨大的壓力波，將獨木舟撞到一旁，像一片木屑漂浮在水上，他根本無法控制，甚至把情況愈弄愈糟。

之前由於霧氣濃重，雷夫一直努力向前划，並未意識到自己進入了一座海灣。當時雷夫雖然聽見四周傳來鯨魚跳水的聲音，卻什麼都沒瞧見，直到現在才終於看個清楚。

但眼前景象幾乎把他嚇壞了。雷夫發現自己正置身於奧丁召喚來的一群巨鯨之間，這使他想起老卡爾說過的一句話。當時，小卡爾想跟在一群正在忙碌工作的水手後頭，卻被他們推開，老卡爾看到便說：「牛在牧場上跳舞時，老鼠就躲進洞裡。」

此刻，在這廣大的牧場上，雷夫正是一隻小得不能再小的老鼠。在那霧氣中，他不知不覺把船划進了一群鯨魚中間。

雷夫不是沒有近距離看過虎鯨。甚至，他還曾經摸過一隻，並與牠四目相對。他在那些大船上當奴隸時，也曾見過巨大的鯨魚，但總是隔著一段很遠的距離，只看到牠們噴出的水花、潛入海裡時露在水面上的尾鰭，以及牠們那又黑又亮又溼、一閃而逝的身影。然而，之前的那些鯨魚一看到船隻，總是立刻潛進水裡或掉頭而去，和他們保持距離。

如今，雷夫眼前這些鯨魚毫不閃躲，當然更沒把一個駕著獨木舟的少年放在眼裡。突然間，雷夫意識到這才是牠們原本的生活狀態。

「如果我沒死，就能親眼看看牠們在做什麼了。」雷夫心想。

然而，雷夫並不確定自己是否可以逃過這一劫。這群鯨魚（其中大多是灰鯨）一直跳個不停，一個個興致勃勃地從海底衝上來，並用力噴著水，彷彿想飛起來一般。

當然，牠們飛不起來，躍起後又再度落入水中，而且除了不斷跳起、落下之外，這群鯨魚顯然沒打算做什麼。但雷夫知道，若有一隻鯨魚落入水中時，他剛好位於牠的下方，一定會從此消失在這世上。

然後，他的生命就會劃上句點。

但是雷夫不知道該如何避開牠們。這群鯨魚看起來並沒有固定的模式，只是隨心所欲，想跳就跳，因此雷夫實在不曉得要把獨木舟划到哪裡才安全。

雷夫心想，最好的辦法就是趕緊把船駛離海灣中央鯨魚最多的地方，到岸邊紮營，然後再好好觀察這些鯨魚。至於他在中途會不會被某隻落水的鯨魚撞到，就要看他的運氣了。

雷夫原本有機會可以成功的。

但他漏算了海灣裡除了那些灰鯨，還有別的鯨魚。牠們（除了那些到處游來游去、彷彿正在獵食的虎鯨之外）全都在不斷地躍起、落下，而且體型比那群灰鯨都還大。

海灣裡還有座頭鯨（又稱為「大翅鯨」）和藍鯨。座頭鯨潛入水中時會把背拱起來，因此很少露出尾鰭。藍鯨的體型極其巨大，是灰鯨的兩、三倍。

這兩種鯨魚遍布整片海灣，在水裡上下翻騰。牠們的背脊露在海面上，場面看起來熱鬧非凡。不過，這些鯨魚可不是來玩耍的。牠們之所以來到這座海灣，有可能是為了解決彼此的紛爭，但最主要的目的還是覓食。

這些鯨魚特殊的覓食方式，讓雷夫無論把獨木舟往哪個方向划，都無法避開牠們。

藍鯨（牠們的體型比雷夫之前搭過的任何一艘船都長）會筆直潛入水中，一邊兜圈，一邊噴水泡，製造出一個圓管狀的泡泡籠（類似虎鯨為了把鮭魚集中趕到岸邊而製造的泡泡牆）。接著，牠們會一溜煙再度往下潛，然後拱起身子，張開大嘴，衝到水面上，把海水以及那些不幸被困在泡泡籠裡的小魚或其他生物一古腦兒裝進嘴裡。

藍鯨的嘴巴前端露出水面後，就會快速閉緊，接著牠那巨大又充滿皺褶的大肚子，會將裡頭的海水經由一層排列濃密、又黑又硬的短毛噴出去，以便把海水濾掉，留下其中的食物。

雷夫第一次看到這樣的進食方法時，心想這真是一種很棒的吃法，因為藍鯨可以先把所有東西統統吃下去，再把不要的吐出來。

想著想著，雷夫突然發現水裡冒出一圈泡泡，而他和獨木舟正位於中間。緊接著，周遭的海水便炸了開來，然後一條巨大的藍鯨就從海裡探出了頭。牠毫不留情地把獨木舟推到旁邊，使獨木舟險些翻覆，而牠噴出來的水也把雷夫全身都弄溼了。

就像當初那群虎鯨一心覓食，對雷夫視而不見一般，這條藍鯨也毫不在意雷夫和他的獨木舟，甚至對他視而不見。

牠是來覓食的。

如此而已。

從現在起，雷夫和獨木舟就成了那些鯨魚在進食時需要排除的障礙。此刻的他，顯然成為出現在這個牛群聚集的牧場上的一隻小老鼠。

無論雷夫怎麼做，無論他把獨木舟朝哪個方向划，似乎都沒用。當雷夫從驚愕中回神，恢復了行動能力，驚覺自己並沒被那隻巨大藍鯨吞掉時，就趕緊把船划到別處，以避開那隻藍鯨。但這時藍鯨已再度潛入水中，準備進行下一次捕食行動了。

才剛離開，雷夫又發現自己置身於另一個泡泡圈的上方，只得抓緊船側，用膝蓋穩住船身，以免被鯨魚頂起，甩到一旁。

為了讓自己保持平靜，雷夫再度拿起槳，想駕著獨木舟離開這裡，但當一張咧開的大嘴從船下方冒出時，雷夫發現自己又走錯了地方。

「或許我可以一直來來回回地划……」雷夫心想。

但這是行不通的。除了那些用泡泡網捕食的鯨魚，海面上還有許多鯨魚正張大嘴巴、用尾鰭拍打水面，進行著衝刺進食。

就這樣，雷夫每到一個地方，看到鯨魚張大嘴從水裡衝出來就得趕緊躲閃，但到了別處，獨木舟又被別隻從水裡衝上來的鯨魚撞到一旁，如此來來回回不知多少次，最後雷夫發現自己已經到了岸邊，一隻手還緊抓著岩壁上的一根枯枝，被撞得七葷八素的雷夫卻完全想不透獨木舟是如何靠了岸。

這時，船底已經積了許多水，雷夫也渾身溼透，頭髮凌亂地垂在臉上，嘴裡還塞著一大塊燻魚。

想必他在東閃西躲時實在太餓了，便抓了一塊燻魚來吃（雖然雷夫不記得自己這樣做過），但因為忙著躲開那些鯨魚，便忘了咀嚼，也忘了把魚塊嚥下去。

雷夫大口大口吃下這塊肉後，立刻把銅鍋拿出來，舀乾船裡的水，然後望著眼前這座海灣。此時，那群鯨魚仍不停躍起、落下，用泡泡網和衝刺法捕魚。整個海面看起來有如一鍋沸騰的開水。

幸好，雷夫已經擺脫牠們了。他沿著岸邊緩緩划行，抵達一座淺淺的小海灣時便轉進去。

那裡有一條小溪，還有一片散布著砂礫和岩塊的圓形淺灘。雷夫確認附近沒有熊糞後，便把獨木舟拖上岸，倒扣在地上晾乾，然後在小溪附近紮營。

這些工作雷夫已然做慣了，因此並未花去多少時間與心思。眨眼間，雷夫就用幾塊石頭堆成火爐，並找了老鼠窩當火種，生起了一堆火。

這一切對雷夫來說都再自然不過了。現在的他無論置身何處，都感覺像在家裡一樣，一切是如此熟悉，不必多想，甚至連那些木柴和老鼠窩都像他事先放在那裡的一樣。

不過啊，生命中的意外不會都是驚喜，也可能害人驚惶失措。例如一場致命的瘟疫、一個足以讓人滅頂的漩渦，或者一群瘋狂跳躍、捕食的鯨魚。但事情發生了，就要面對。如果失敗了，就到瓦爾哈拉去。

一切就是這麼簡單。

要不活著，要不死去。

但在生與死之間，如果能一直敞開心胸，注意覺察並且仔細聆聽、嗅聞和觀看……

你就可以從中學習。

冰山

雷夫划進了一個新區域。這裡有著連綿無盡的廣闊海灣、一些小島，偶爾還能看到幾座林木茂密的海灣。

一切都如此巨大。

雷夫在船上當奴隸的那些年間，曾看過許多令他驚訝讚嘆的事物，例如那浩瀚遼闊、無邊無際的海洋。還有，雷夫記得某個晴朗的夜晚，他和老卡爾一起坐在甲板上，當他仰頭看著天上繁星時，不禁問道：「那些星星到底有多少顆呀？」

當時正用陶土菸斗吸著菸草的老卡爾聞言便放聲大笑。「你數不清的。沒有那麼大的數字可以讓你數算。這些星星就像大海一樣，是無法測量的。無論星星或海洋，都沒有任何數字可以計算。」

這裡的海灣也是如此。灣裡的水既深且廣，裡頭有許多大到無法測量的動物。雷夫在那座滿是鯨魚的海灣旁待了三天後，便沿著海岸線往北走。一路上，他盡量靠近岸邊，近到幾乎都快碰到陸地。灣裡的鯨魚大多聚集在比較開闊的水面上，但還是非常活躍。雷夫每次停船紮營歇腳時，都能看到鯨魚們生氣勃勃的泳姿，宛如一場精采的表演。

船上的燻魚已經吃完了，於是雷夫在一座海灣裡歇腳，在那裡的溪流抓到了十條碩大的鮭魚，將牠們燻乾。雷夫知道這座島嶼並不安全。這裡雖然沒有熊糞，但燻魚的氣味可能會把熊引來，於是他就不敢睡得太熟，甚至還把獨木舟停在旁邊，以便遇到緊急狀況可以隨時駕船下水逃生。但這回並沒有任何熊出沒，雷夫甚至找到了一大叢黑莓讓他盡情享用，直到肚子鼓脹為止。

正是在這裡，雷夫遇見了他母親的靈魂。

雷夫入睡時，有隻巨大的灰鯨游到了他的獨木舟附近，在他身邊一待就是好幾天。不知怎地，雷夫總覺得牠是一隻母鯨魚。

這隻鯨魚沒什麼攻擊性，甚至不好動。但有好幾次，雷夫坐在獨木舟裡面時，這隻灰鯨都會輕輕推著船身，並把鼻子擱在船側。這時，雷夫總是忍不住微笑，而且不知怎地就會開始揣想媽媽的模樣，然後伸手去撫摸那隻鯨魚的鼻子。

這隻灰鯨來了一次又一次，每次都躺在獨木舟旁，而且似乎都會刻意避免傷到雷夫和他的獨木舟。事實上，灰鯨只要把船身往下一壓，就能輕易讓獨木舟翻覆，但牠卻沒有這麼做，並且看似很享受雷夫的撫摸。

不知道為什麼，雷夫總覺得這隻灰鯨很親切，而且似乎有心要認識他。雷夫和這隻母灰鯨在一起的時候，總會想起他的媽媽。雷夫猜想，他的媽媽必定也像這隻鯨魚一樣溫柔、親切、慈愛。看到牠，雷夫心中很悲傷，卻又有些開心，因為牠喚起了雷夫心中某種不曾有過的感覺。

雷夫稱這頭鯨魚為「葛瑞絲」，因為雷夫在碼頭上生活時，曾認識一位名叫葛瑞絲的老太太。雷夫還在襁褓中時，葛瑞絲老太太就一直照顧他，餵他，讓他吸吮一塊泡過羊奶和魚油的布巾。雷夫吃東西時，葛瑞絲會抱著他，輕聲哼著一個聽起來不怎麼像是樂曲的調子。雷夫發現，當鯨魚葛瑞絲來到他附近時，他也會哼起那個調子，開始想像媽媽的模樣。

後來，雷夫到了一座離岸小島（在這一帶的大海灣裡，小島已經不多見了），並在那裡停留了三天，把他的衣服和獨木舟晾乾。就在這時，鯨魚葛瑞絲離開了他，讓雷夫有點難過。之後好幾天，無論雷夫划船或休息時，都試圖尋找牠的身影，卻再也沒看過了。

在後來雷夫經過的幾座海灣中，仍可看到成群的鯨魚。當雷夫停在某地歇腳或把身上衣服晾乾時（最近愈來愈常起霧了），就會看著牠們，彷彿觀看一場專門供他欣賞的私房秀。有一回，雷夫躺在溫暖的火堆旁，遠眺海灣的情景時，發現海面上到處是鯨魚噴出的水柱，看起來就像一株株由水氣形成的小樹。他還曾三度看見兩隻灰鯨比肩躍出水面，因為靠得很近，因此牠們落入海中時激起了一陣如小山般的水花。雷夫心想：「難道這些鯨魚是在跳舞嗎？」先前鯨魚們靠近他的獨木舟時，他曾隔著船身聽到牠們在唱歌，於是接著又想：「不知道牠們是否也有音樂？如果有，牠們會不會跟著起舞？」

「如果牠們跳起舞來，那場面會是多麼盛大呀。」雷夫心想。

那會是世上最盛大的一場舞蹈。鯨魚的舞蹈。

如今，他所看到的一切都比從前更壯觀。

遠處是白雪皚皚的高山。海灣數目雖不像之前那麼多，但其中幾座非常深，深到彷彿沒有盡頭，有如蓄滿海水的峽谷。

雷夫原本想進入其中一座峽灣，但因為灣口太窄，而且水流湍急，進去的風險實在太大了，就打消了念頭。

其實雷夫並不是沒有試過，只是他才剛進去，獨木舟就被灣裡湧出的急流沖得轉向，險些失衡。雷夫知道如果遇上這樣的急流，獨木舟必然會翻覆並沉沒。

他正在學習。

有些事情能做，有些不能，雷夫很慶幸自己能夠分辨。但這當中也有危險，因為他如果自以為無所不知，就可能害自己陷入險境。

雷夫一路前進，發現沿途海灣愈來愈寬闊，幾乎與大海無異。起風時，灣裡的水面立刻產生波濤，雖然並非滔天大浪，高度仍能和他的身高媲美，足以讓獨木舟陷入險境。不過雷夫也發現，若他把船頭對準浪頭用力划，就能平安渡過。

只不過，當雷夫努力讓船身保持打直的狀態時，海浪可能會將他往後推。由於所有的浪都是打向岸邊，因此如果附近沒有海灣可供他躲避，雷夫很可能就會直接被沖到岩岸上。這時只要一個大浪打來，獨木舟就會被拋向岩壁，撞個粉碎。

不幸的是，這一帶可讓他躲浪的海灣並不多。

為此，雷夫不只一次不得不在遠離岸邊的開放海域上不停划行，以免被海浪沖向岩壁撞得粉身碎骨。

有時，他一划就是一整天，划得筋疲力竭，腦筋幾乎一片空白，甚至感受不到疼痛。這時，雷夫的身體似乎成了一架划行的機器，他的腦海則不由自主地浮現往日那些溫馨的回憶。

雷夫想起老卡爾總是瞇著一隻眼睛（因為那隻眼睛快看不見了，因此老卡爾很少用它）、歪著頭，坐在船上成堆盤好的繩索上或捕魚營地的火堆旁，一邊抽著菸斗，一邊講著海怪、美女等故事的模樣。

每當雷夫划船划到四肢發麻，快無法支撐，卻又不得不勉力苦撐時，就會開始回想往事。

除了老卡爾外，有時雷夫也會想起小卡爾，想到他總是笑容滿面的樣子……

偶爾，雷夫也會想像媽媽的模樣，雖然他在夢中一直看不清她的面容，也始終無法讓她稍稍把頭轉過來，好讓自己能看見她、認得她……

就在雷夫逆浪苦苦划了一整天、已經疲累至極的情況下，開始出現了幻覺。

他看到鯨魚噴出的水柱。

看到陰鬱的海面上閃爍著微光……

看到地平線上形狀有如樓房或怪物一般的雲朵……

最後，他看到了一艘藍色的船。

雷夫搖搖頭。海浪在船頭激起的水花不斷噴濺在他臉上，帶著鹽分的海水使他的眼睛為之刺痛。雷夫放下槳，用手抹去眼睛周圍的水珠，再次搖了搖頭，試圖集中精神。但就在那一瞬間，獨木舟險些失控，因此雷夫只好挺直腰桿繼續划行，以免船隻翻覆。

當雷夫再次望向遠方，發現那東西仍矗立在遙遠的地平線與海面的倒影間，看起來確實像一艘有著白帆的藍色船隻。

「不！」

「那不可能是一艘船。如果是，我可不想和他們打交道。況且他們很可能是來捕捉鯨魚的……」

「那些鯨魚可是我的親人呢……」

雷夫不希望那些鯨魚受到傷害，也不希望牠們被人捕捉、宰殺並且被提煉成鯨脂。他知道有人專門捕捉鯨魚，身上總散發著燒焦的鯨肉與油脂的惡臭。老卡爾曾說那些船聞起來像是用爛掉的腸子做的，比那艘黑色的死亡之船還臭。這讓雷夫聯想到：「說不定這艘藍色大船，也會帶來瘟疫呢……」

基於這種種理由，雷夫不希望那是一艘船，但同時他也想著：「那怎麼可能是一艘船呢？誰會把船漆成藍色？」

萬一它真的是一艘船，雷夫可不希望被船上的人看見，也不想和他們有任何瓜葛。於是，雷夫停下手中的槳，任由海浪把獨木舟沖向海岸，因為岸邊有岩石和森林，比較不容易被人發現。

有一度，雷夫考慮掉轉船頭，逃回南方那個有著小島及許多海灣的地方，但這僅僅是個念頭而已。在天生的好奇心驅使下，雷夫的雙臂仍不停划著，沿著岸邊往北，朝著那艘藍色大船前進。

「是為了要學習嗎？」雷夫問自己。

為什麼他遇到任何事都想從中學習呢？

是的，他的目的就是要學習。

雷夫繼續划著。漸漸地，風勢減弱了。海浪很快就平息下來，潮水也開始朝他前進的方向流動，因此他和那艘藍色大船也愈靠愈近。現在，雷夫看得比較清楚了。他發現那艘船根本並沒在動，而且船帆的形狀也有點怪。雷夫放下手中的槳，任由船隨著潮水前進，心裡真希望當初老卡爾有把他一直帶在身邊的那副小小的黃銅望遠鏡放進補給品包裡。

此刻，那東西距離雷夫仍然很遠，但雷夫已看出它並不像一艘船或者他所能想像出的任何東西。它正漂浮在水上，體積非常巨大，高高的頂端白得耀眼。

靠得更近後，雷夫看到它邊上的藍白色交界處有些小小的黑色人影，其中幾個正滑進水裡。

「這些影子看起來太小了，不可能是成人。個頭那麼矮，難道會是小孩嗎？但海水這麼冷，小孩怎麼會跳進海裡？」

「不，不可能的。」

「是啊！」雷夫心想，「那絕對不可能是一群小孩。」一直到雷夫又更靠近目標時，才發現那根本不是一艘船。

此刻，他終於看清了它的真面目。

那是一大塊藍色的冰。

它大得像座山，藍得像天空，但有些部分尚未變藍，仍是白色。冰山的邊坡上到處是海豹，其中有些正往海裡滑，有些則從海裡跳回冰上。

雷夫曾聽過冰山這種東西。從前那些大船上的水手談到冰山時，總是語帶恐懼，因為他們擔心船隻在暗夜裡撞到冰山而毀壞、沉沒。老卡爾說他曾在冰山上看過格陵蘭熊（greenland bear）*，牠們如雪般潔白；還說根據古代歌謠，如果船員在夜裡值班時睡著了，冰山美人就會呼喚他們，引誘他們走向滅亡。

這些關於冰山的傳聞大多不是什麼好事，但雷夫不曾聽過冰山是藍色的。

然而，此刻他眼前就矗立著一座藍色冰山。雷夫把船划近冰山的邊坡，幾乎緊挨著它，發現它仍然閃耀著豔藍色的光芒。後來雷夫看到附近水面上漂著一小塊從冰山上掉落的冰，便將它拾起，發現它通體是藍色的。雷夫聞了一下，又嘗了一口，感受不到半點鹹味，顯然它並非由海水形成，反倒像新鮮的淡水。

但這根本說不通。

這座廣闊的海灣裡盡是鹹鹹的海水，但眼前這塊藍色的冰卻似乎是由淡水所形成的。

這完全沒道理。

* 也就是北極熊。

雷夫繞著這座冰山往前划，看到海灣東邊還有一座往東延伸的大海灣，它的入口處也有幾座藍色冰山，只是體積較小。這一切讓雷夫愈發感到好奇，便朝著那裡划去。抵達後，雷夫發現海灣裡還有更多的冰山，有幾座較小，有一座很大，一直往東延伸到一個轉彎處。

雷夫心想，這些冰山似乎正在召喚他（就像當初那隻虎鯨的背鰭一樣），要他進入那座海灣。他怎能不進去瞧瞧呢？

於是雷夫進去了。這時，潮水正好往海灣裡流，於是他放下槳，讓獨木舟順著潮水前進。水流得不快，卻很穩定，雷夫看到一些小冰塊也跟他一起漂進來。海灣兩岸不時出現陡峭的懸崖以及茂密的森林。

航行了許久後，潮水開始改變方向，往海灣外面流，儘管速度很慢，但仍阻擋獨木舟和那些小冰塊繼續往海灣內前進。雷夫既不想逆流划行，又不想離開這座海灣，便將獨木舟繫在岸邊的灌木上，等待潮水再度轉向。

時而順流前進，時而停船等待潮水轉向，這是雷夫往北航行後所學到的事。至於雷夫已經走了多久、走了多遠，他自己也不知道。

雷夫發現，海灣裡的冰塊有大有小，雖然都沒他最初看到的那一座這麼大，但數量更多也更密集。此外，這座海灣非常寬闊，水量也異常豐沛，想必這正是水流如此緩慢的原因。雷夫沿途看見好幾群虎鯨（但距離不夠近，無法辨識牠們是不是先前那一群），但並未看到那些體型更大的鯨魚。不過，雷夫倒是兩度看見巨大的棕熊在岸邊溪流捉鮭魚。

雷夫在這裡待了一整天後，突然想到：這座海灣其實就是老卡爾口中的「峽灣」（fjord），岬角可能會一直延伸下去，與另一座海洋相連，永遠沒有盡頭。正當雷夫考慮是否掉頭循原路回去時，卻發現前方有個西向的急轉彎擋住他的視線。

這時，雷夫隱約聽到了打雷般的聲音，然後就有個聲音沿著峽灣兩岸傳過來，愈來愈響亮，而且聽起來是如此沉重，使他不由自主停下來，心想那必定是好幾隻灰鯨同時跳水的聲音。

但雷夫還來不及多想，就有一波約莫他個頭這麼高的海浪從那急轉彎處奔湧而出，朝雷夫衝來，險些淹沒他的獨木舟。雷夫罵了一句他從老卡爾那兒學來的髒話後，便趕緊抓住岸邊樹枝，只見海浪從他腳下嘩嘩流過，使船身不斷上下晃動……

然後陷入一片沉寂。

連之前常聽到的鳥叫聲都消失了。

他等待著。

那雷聲彷彿把所有聲音都壓了下來。他坐在那兒，屏住呼吸，仔細聆聽著、等待著。

但什麼事也沒發生。

於是，雷夫再次往前划，不久便抵達了那個急轉彎。繞過彎後，就看到了峽灣盡頭。那一剎那，雷夫感覺自己進入一片奇幻天地。

峽灣末端是一面巨大的藍色冰壁，矗立在一座形狀近乎渾圓的小海灣上方。這裡的一切似乎都變成了冰。陽光穿透那面藍色冰壁，在灣裡的水面上灑滿了彩光。雷夫的正前方有座大冰山，矗立在那面冰壁和他的獨木舟之間，顯然是從冰壁掉下來的，之前險些將他淹沒的那波海浪想必也是它引起的。這座冰山並沒有之前被他誤認為船隻的那座這麼大，但仍然非常壯觀。在冰壁的藍光照射下，它看起來栩栩如生。

那光線彷彿在跳著舞。

「哇！」雷夫不由得讚嘆，「好奇妙呀！」

那光線似乎進入了他的體內，穿透了他的身軀，雷夫感覺它在自己體內閃閃生輝。他在那兒不知坐了多久，不斷隨著那光線起舞，想和它一起歌唱，希望他的靈魂也能變成光。

那一刻，世上的一切彷彿都暫時靜止了。

但突然間，他聽見了海鳥喧譁的叫聲，接著便有一大塊冰從冰壁上落下。這塊冰雖然體積較小，落入水中還是轟隆一聲，水花四濺，並立刻激起了一波海浪。

雷夫眼見那浪從中央那座冰山的兩側湧來，朝他逼近，便立刻繃緊膝蓋，用雙手抓住船側想穩住船身，但後來發現那浪其實很小，並不足以釀成危險。

「但如果有一波大浪產生……」雷夫心想。

「這個地方並不安全。」

但這個念頭讓雷夫不禁莞爾一笑。他已經去過許多在別人眼中並不安全的地方。事實上，他這一生從不曾待在一個安全的地方。想到這裡，雷夫的笑容更加燦爛。

然而，他如果一直待在這座峽灣的中央，還是會讓自己暴露在危險中。萬一有個巨大冰塊（如同之前那座冰山）砸下來，他該怎麼辦？那將掀起多大的浪？

突然間，雷夫想起老卡爾談到大海與船隻時曾說：「海洋這麼大，我的船卻這麼小……」他的聲調就像在唱歌般。

雷夫知道，以防萬一，他最好離開這裡，離開這座峽灣。這是最安全的做法。

然而，雷夫還想在這個美麗、神奇、藍光閃閃的地方多待一會兒。於是，當他發現距冰壁頗遠的岸邊有個小海灣後，便立刻把船划進去，以免被落下的冰砸到。

雷夫把獨木舟繫在一棵從岸邊探身的小樹上，便上了岸。此處的灌木不多（他猜可能都被那些掉下來的冰塊砸斷了），不過雷夫發現了一叢黑莓（他頗驚訝，因為這種植物似乎無所不在），便把它們採得精光，和著冷冷的鮭魚肉一起吃下肚。吃飽後，雷夫便坐下來欣賞那面冰壁以及眼前的壯麗風光。

在他看來，這座小海灣宛如一座大劇場。空氣中光線繚繞，鳥聲啁啾、流水潺潺。但雷夫心想，這裡風景雖然很美，卻並非適合久居之地。因為這裡只有岩石，沒有能生火的木柴，岸邊也沒有淺灘，連礫石和小石頭都看不到，大部分都是瀑布與噴泉，並不適合紮營。

因此雷夫決定離開這裡，順著潮水慢慢前進，走出峽灣，回到那座滿是鯨魚的海灣，繼續向北航行。

不過，現在雷夫想待在這裡，成為這片天地的一員，好好欣賞眼前的美景。

只要此刻就好。

而且，或許，那個夢……

夢的故事

在這趟北方之旅，雷夫到過許多不同的地方。有些地方環境惡劣，甚至隱藏著致命危險；有些地方比較舒適，甚至風景宜人。但無論如何，這都是一段雷夫永生難忘的時光。

在小海灣裡待了幾天後，雷夫又看到一大塊冰掉進海裡，於是離開了那裡。當時潮水正好往外流，雷夫用力划著船加速前進，以避開下一次冰塊掉落時所產生的壓力波。

但後來什麼事也沒發生，而且原本時而細雨、時而濃霧的天氣也放晴了，壯闊的風光也一覽無遺。白晝很長，再加上日復一日的陽光普照，所有東西都被晒乾了，雷夫的身心也溫暖起來。這段期間，他經常放下手中的槳，任由獨木舟順水漂流，並利用這段時間雕刻他的故事板。

後來，雷夫經過一小片礫石海灘，看到上面有溪流，附近又有枯木能生火，便把船停在那裡。雷夫確定周遭沒有熊糞後（這是他現在到達每個歇腳處後所做的第一件事），便開始紮營，接著又到溪裡抓了十條鮭魚來燻製。

雷夫再次感覺好像回到家了。眼前一切都像家一樣。這裡有火堆，有燻魚的烤架，還有他找到的一些黑莓。對他來說，這就是個舒適的家。

雷夫用魚頭和魚骨煮了一鍋熱騰騰的魚湯，並用些許海水加以調味。吃飽後，就躺下來睡覺。雖然他睡得很沉，但還是不時醒過來，在火堆裡添些木柴，好讓它繼續冒煙，以防那群老是尾隨他的渡鴉和大膽的海鷗來偷吃。不過，他只要一躺下來，總是立刻陷入熟睡。

而且總是會做夢……

在這段日子裡，雷夫逐漸明白自己為何要雕刻那塊故事板。最初他並不了解其中的意涵，只是不停在木板刻下他這一路的經歷與見聞，至於他何以非要留下這些紀錄，其實連他自己也不清楚。但對他來說，這是非常重要的事。於是雷夫只要一有時間（例如等待潮水轉向、坐在火堆旁燻魚或划著獨木舟漂流時），就會在板子上刻個不停。

這段期間，雷夫經常做夢。他原本就很常做夢，只是那些夢多半亂七八糟、沒什麼意義。但偶爾，他也會夢見媽媽。

雷夫出生時，媽媽就過世了，因此雷夫並不記得自己見過她。但因為雷夫聽說過關於母親的種種，也曾是她身體的一部分，因此雷夫總覺得自己能夠認得她，並感覺到她的存在。

只是雷夫在夢中從未見過媽媽的面容。每次，媽媽總在和別人說話，聲音模模糊糊的，讓他聽不清楚，而且總是背對著雷夫。

那些夢感覺非常真實，導致雷夫醒來後總以為媽媽還在旁邊，他只要走過去，就能看到媽媽的臉。有時雷夫甚至差點就要站起身去找她。

雷夫心想，媽媽的臉上一定掛著笑容。

雷夫不明白這種感覺為何如此篤定，但每次醒來時他都想著如果在夢中見到媽媽、和她說話，一定會看到她臉上的笑容。

媽媽一定會對他微笑，也因為他而微笑。那笑容必然親切而溫暖，她的眼神也必定很慈祥。

想必是因為這個緣故，雷夫才會動手製作那塊故事板。但現在，板子上所刻的已不再是他的故事，而是他的夢想。

因為雷夫心想：如果那些夢感覺如此真實，真實到能讓他感覺到媽媽的存在，那麼它們必定就是真的。這世上必然有個存在於夢中的國度。如果來自這個國度的夢能夠進入他的現實生活——哪怕只是他醒來後的片刻——，他就有理由相信他也能把現實生活帶進夢中的那個國度。

「既然那裡的東西能夠過來，這裡的東西應該也可以過去。」雷夫如此認為。

但雷夫又擔心自己是不是開始神志不清，出現幻覺（就像當初生病時那樣），才會有這種想法。

不過，他接著又想：當一個人神智不清、出現幻覺時（就像碼頭上那些喝了太多麥芽啤酒和蜂蜜酒的水手一樣），自己是不會知道的。

因此，如果他知道自己神智不清，就可以合理推斷他的那些想法並不是幻覺（雖然這樣的邏輯有些奇怪）。

既然那些想法不是他的幻覺，就代表他有可能是對的，也就是說：這世上確實有個屬於夢的國度。果真如此的話，那麼他或許有辦法可以進去。

他知道他不可能真的到那裡去。即使他剛睡醒時感覺夢中的事物非常真實，他也不可能真的進入夢中的那個國度。但他認為這個國度確實存在，而他或許能設法捎些訊息過去給他的媽媽。

給他夢中的媽媽。

一路上，雷夫反覆思索著這個主意，最後終於想出了辦法。

他要盡量把最近發生的事都刻在那塊故事板上，並且每晚睡覺時都看著故事板，這樣故事板就會成為他入睡前所看到的最後一樣東西。雷夫心想：如果能夠把這塊板子帶進夢中，縱使他還是看不見媽媽的面容、溫暖的微笑以及和藹的眼睛，但媽媽或許能看到故事板，並且對雷夫有所了解。

如果經常這樣做，或許某天媽媽就會在夢中轉過頭來，這樣雷夫就能瞧見媽媽的臉了。

因此，這塊故事板對雷夫來說變得愈來愈重要。他不斷在上面刻著，修修改改，使故事板愈來愈完美。此外，雷夫還會用岸邊的沙子將板子磨光，然後在上頭塗抹魚油，讓木板看起來就像一張光亮的皮革。

雷夫其實也有點懷疑這個方法是否真的管用，但他總得試試。因此，他只要一有機會就在板子上刻著，並反覆修正那些他覺得不夠完美的線條與形狀……

雷夫就這樣一邊沿著岸邊往北航行，一邊利用漂流的時間刻著那塊板子。因為太專心了，雷夫竟沒注意到大海已經變得不一樣。

沿途海灣變得相對較小，鯨魚們的嬉戲空間則愈來愈開闊。後來，海上更開始出現一波波的長浪（根據老卡爾的說法，這是由世界另一頭的風暴所形成的巨浪）。最後，雷夫發現前面就是一片汪洋。

如此浩瀚廣大的汪洋。

而他的獨木舟是如此渺小。

然而，雷夫並不想停下。起初他打算繼續沿著海岸往北走。萬一風浪變大，他就趕緊上岸。不過，他發現只要長浪稍微變大一些，獨木舟就會開始搖晃。於是他開始考慮是否要掉頭往南走，前往某個較安全隱蔽的地方。

就在這時，雷夫發現了那根船槳。

那是一根很長的雙頭槳，以毫無樹瘤紋路直紋雲杉木製成，槳柄上烙印著幾個他不認識的符號：「OSPREY（魚鷹）」。

雷夫把這根槳從水中取出，仔細端詳。這槳顯然是從某艘大船（可能是取脂船〔grease boat〕或捕鯨船）的小艇掉落的，而且有可能是被潮水、長浪或風浪，從世界或大海的彼端所帶來的……

不過，槳面上並沒有海藻生長，看起來很乾淨，幾乎像新的一樣，而且顏色黃澄澄的，就像令人垂涎的純淨蜂蜜。此外，槳身也未遭蟲蛀食（通常那些沒處理過的木頭在海裡很快就會被蟲子吃掉）。

因此，這根槳顯然是不久前（大概幾週或幾天前）才掉進水裡的。於是雷夫立刻眺望前方，心想地平線上說不定有一艘船。

船上必然有人。

那是雷夫不想看到、也不想面對的世界。

或許有一天，他不得不回到那個世界去。

「但現在時機未到。」

「我還沒做好準備。」

於是，雷夫就把那根槳收進獨木舟裡（他心想這玩意兒以後說不定能派上用場），並掉轉船頭，乘著微風、順著潮水往南走。

雷夫要去一個沒有其他船會來的地方，在一座大海灣裡找到一座安全的小島，在那裡紮營長住，甚至過冬。他要用樹皮在火堆旁蓋一棟小屋，燻製鮭魚並且釣幾條老卡爾經常提到的那種大大扁扁、肉色純淨的底棲魚*。

他要學習更多的事物。

並設法在夢中看清媽媽的臉龐。

一旦雷夫準備好，或許就會在某個陽光燦爛的日子離開那裡，往北走，和船上的那些人碰面。

但現在，時候還沒到。

於是，雷夫用力划了一下，使船頭上揚，朝著南方前進了。

* 生活在水域底層的魚類，例如彈塗魚便是一種常見的底棲魚。沿岸淺水域和河口灣的養分特別豐富，因此底棲生物也特別多。

作者後記

這個故事已經在我心中醞釀很久了。其實可以說，已經醞釀了一輩子。

我還很小的時候（約莫三、四歲），曾和我的奶奶在一輛用剛鋸下的松樹原木做成的拖車住一陣子。當時她在明尼蘇達州北部的一個伙房工作，為造路工人備辦伙食。每天她收工後，我們兩人就會裹著毛毯，坐在她的鋪位上，數著天黑後那些成群出現的老鼠到底有幾隻。當時我總是喝著半杯摻了水的蒸發乳*（但我從來都不喜歡這玩意兒），也經常配上一小片撒了糖粉的蘋果派（這個我倒是挺愛的），奶奶則會喝一杯茶。

當我喝完牛奶、吃了蘋果派，並且把黏黏

的手指頭擦乾淨後，奶奶就會把我們身上的毯子塞好，然後深吸一口氣，把嘴巴湊近我耳朵，開始輕聲細語、像唱歌般地講起故事來。

奶奶來自一個古老的國家，她是挪威人。她說，在挪威，人們不是屬於陸地就是屬於大海。她小時候的所見所聞以及大人講的故事幾乎都和大海有關。

奶奶從不講那些無聊的童話故事，也不會唸童謠給我聽。她說的都是些令人難忘的大海故事，而且非常生動逼真，讓我幾乎能聞到海水的鹹味、聽見繩索和木頭咯吱作響，看到洶湧的北海水面掀起遠遠高過頭頂的巨浪，把那些槳帆船打得變形的情景。

晚上聽了奶奶講的大海故事後，我在睡夢中都會聞到鹽漬鯡魚和鱈魚乾的氣息，甚至隔天早上醒來嘴裡還瀰漫著那種濃郁的臭味。

* 又稱為淡奶，經常用於甜點製作。將牛奶加熱濃縮後的產品，水分比鮮奶少一半。

她喚醒了我體內潛藏的大海基因。

從此我踏上了一條不歸路。

因此，到了七歲的某天，我和媽媽一起乘著老舊的運兵船橫渡太平洋投奔當時在菲律賓的爸爸時，我一走到甲板上，看到四周那有如一個深藍色水盆的廣闊大海，聞到它的氣息，就立刻被迷住了。我感覺大海正在呼喚我，彷彿它是我身體的一部分。我想那是一見鍾情的感覺。那一刻，我屏住呼吸，腦中一片空白，只看到眼前那座延伸到天際的大海。

我感覺自己好像回到家了。

之後這種感覺不曾消逝。在我的血液裡的某種基因以及奶奶的故事影響下，此後每當我不在海上或遠離大海時，總是很想念它，懷著某種鄉愁。

將近整整二十年後，當我已經二十七歲，離開軍隊且正試著學習寫作時，有位好友帶我去她父母親位於加州箭頭湖（Lake Arrowhead）旁邊的房子。那裡的風景很美，湖岸有座用木頭鋪設的碼頭，上面繫著一艘小帆船。那艘船已經非常破舊，是用粗糙的夾板做成的，漆工也很馬虎，有一根桅杆和一張帆。帆布垂掛在桅杆上，看起來有些邋遢，船底則積著將近十公分的汙水，隨著船的擺動不停地晃蕩。

總之，那不是一艘會讓我想多瞧一眼的美麗帆船，更何況當時我對航行的種種幾乎一無所知，當初橫跨太平洋所搭乘的運兵船也是靠引擎發動的，我怎麼可能喜歡這種古老的玩意兒？

然而，當我朋友問我想不想駕駛看看，我心中卻浮現一個念頭：「為什麼不呢？」於是她叫我拿舊咖啡罐把船內積水舀出去，然後她升起船帆，把升降索拴住，再把一塊穿過桅座伸入水中的板子往下推（後來我才知道那叫「垂板龍骨」、「風浪板」或「中央板」〔center-board〕），依據迎風的航向，調整板子入水的深度，就能避免帆船在水面上左右滑動。

接著，我朋友又把舵裝在船尾，把舵柄遞給我，並且將繫在碼頭上的纜繩解開。然後，她就把船從岸邊推開。

那時風並不大，但船帆仍舊張得很滿。她把船帆固定好，教我如何操控舵柄，把船駛往正確方向後，我們就出發了。

揚帆前進。

我至今記得當時的感覺。當風帆鼓脹、船隻開始移動時，那艘帆船彷彿突然有了生命，變得美好無比，不再是個無人聞問的木頭缸子，配上發霉的夾板和破爛的帆布。

它開始跳起舞來。

那樣的舞蹈令我著迷，從此再也回不了頭。

那就像大海給我的感覺。

後來，我自然而然就把我對大海的熱愛和帆船運動結合在一起，開始駕駛各式各樣的帆船，從事一趟又一趟的航行。

那段時間我駕駛的都是小船。它們的長度頂多只有十公尺，有些船況很好，有些稍差，有些則糟糕透頂。我從加州的凡圖拉（Ventura）出發，沿著下加利福尼亞（Baja California）半島往南走，再往北進入柯提茲海（Sea of Cortez，即加利福尼亞灣），並前往海灣對岸的瓦雅塔港（Puerto Vallarta），再回到下加利福尼亞半島的太平洋岸，接著又再度北上，抵達加州，然後便橫越太平洋前往夏威夷，往南到薩摩亞、東加和斐濟等地，才又北返夏威夷，遍訪夏威夷群島，最後回到加州。有幾次我是獨自出航，但大部分時候都有朋友同行。

就這樣，我逐漸學會了航行，與風、浪、大海融為一體。

我再度回到加州的凡圖拉後，便傾盡積蓄買了一艘船。這艘船因為樣式笨重、設計不良，曾被人說是「一坨航行在海上的大便」。

當時，我的計畫是沿著北美洲的西海岸一路往北走。

那段期間，我曾在幾個海況經常非常險惡的地方遇到駭人風浪，例如加州的康塞普申角（Point Conception）以及門多西諾角（Cape Mendocino），還有俄勒岡州海岸的布蘭科岬（Cape Blanco）。

最後，我終於把船駛進了胡安夫卡海峽（the Straits of Juan de Fuca）。在那裡，我先往東走，再朝北，之後遇上了可怕的潮急浪（tidal rip）*，一直到溫哥華島的北端才得以脫身。接著，我進入了廣袤無垠的北太平洋，那裡常有來自白令海峽**的風暴，船隻在大海、風、天空、濃霧的夾擊下，一不小心就會滅頂。

但也正是在那裡，我遇上了大鯨魚。牠們根本無視我的存在，逕自捕食、唱歌和跳舞，即使偶爾注意到我，也顯得友善而坦誠。其中，灰鯨格外喜歡與人接觸，牠們經常仰起頭，把鼻子擱在船身讓人觸摸與撫弄。就連那些巨大的藍鯨（牠們是地球上最大的動物，甚至比巨型恐龍還大）也經常待在我的帆船附近，願意讓我觸摸，但從未有藍鯨刻意把鼻子擱在船身上頭。

虎鯨，又名殺手鯨魚，總讓我想起狼，但這種說法並沒有負面意涵。我看到的那些虎鯨並不特別具攻擊性或威脅性。即使我無意中打擾了牠們進食，或不小心跑到大鯨魚和小鯨魚之間，牠們也只是把我的船推開或者離我而去。

某天深夜，天氣很惡劣，哥倫比亞河的河水夾帶許多半浮半沉的木頭嘩啦啦地奔流入海。多年來，有許多船為了閃避那些木頭而覆沒，我在閃躲時無意間把船駛到一隻巨大的公虎鯨和牠的家族成員間，當時大虎鯨和我隔著大約四百公尺的距離。當大虎鯨看到我的船比牠更靠近牠的家族成員時，便以尾鰭猛拍海浪，然後游到我身邊，

* 海灣中滿溢的海水退潮時，會形成強烈拉力，將大量海水從岸邊往外傾洩，製造出急流。

** 夾在俄羅斯東岸與加拿大西岸間的海峽。

凌空躍起，示意我立刻走開。我照辦了，牠也不再向我示威。

我初次見到冰山，是在朱諾市（Juneau，阿拉斯加州首府）以南的崔西峽灣（Tracy Arm Fjord）的灣口附近，當時我和冰山隔著大約十公里的距離，因此遠看還以為它是一艘藍白色的郵輪。等我的船慢慢靠近後，卻發現它根本沒在動（一般來說，船隻必須不停移動才能保持平穩），所以我才想說：這艘船可能出了什麼狀況，或者它根本不是船。

當我終於靠得夠近時，才驚訝地發現這其實是座巨大的藍色冰山。它大得像座島，藍得像天空。這類冰山是由年代古老的深層冰川形成的。在漫長的歲月中，冰裡的空氣逐漸被冰川的重量擠壓出來，改變了冰晶的結構，造成更多紅色光被吸收，於是冰塊呈現美麗的藍色；這些冰川崩解入海後，便成了藍色的冰山。我曾把幾塊冰放進船上的簡陋冰桶，發現它們融化得很慢。

那座冰山之所以靜止不動，是因為潮水往外流時，峽灣裡的水就變淺了，導致它被卡在海底無法移動。當潮水湧入、海水變深時，冰山就會再次浮起來。這些冰山沒有特別危險，但其中有些頭重腳輕，可能會突然翻覆。這時如果你被壓在下面，就像被一整塊土地壓住一樣，非常悽慘。

某天傍晚，我進入了溫哥華島北端的一個小海灣，當地漁民稱為「膽小鬼灣」（Chickenshit Cove），因為每當北方的海面刮起狂風暴雨、浪高約十層樓那麼高時，他們都會躲在那裡。

當時，我把船繫在岸邊的樹上，在船裡養精蓄銳並設法修補船身裂痕。這時剛好有群虎鯨來附近休息。當我正迷迷糊糊坐在那兒，喝著氣味有如艙底汙水的茶時，雷夫的故事就像在渡鴉翅膀上跳舞的精靈，突然閃現在我的腦海。

雷夫經過的荒涼海岸是虛構場景，其靈感得自我走過的北美洲海岸以及我祖先所居住的挪威海岸。但歷史上確實有些人曾乘坐獨木舟航行了很遠的距離。事實上，有人曾把兩艘比雷夫的船大不了多少的獨木舟並排綁在幾根竿子上，做成一艘簡陋的雙體船，並用它來橫渡海洋。

話說回來，我的旅程中曾到過一些雷夫到不了的地方，例如某些潮水凶猛、難以進入的峽灣。其中之一便是「福茲泰若峽灣」（Ford's Terror Fjord）。我不僅進去了，還在那兒待了好一陣子。那裡景色美到令人忘了呼吸，有瀑布、河流，還有忙著捕食鮭魚的熊。但要乘坐像獨木舟這樣小的船隻前往並不容易，而且可能非常危險。

雷夫之所以被迫展開他的航程，是因為霍亂的緣故。這是歷史上很常見的一種致命疾病，迄今全球每年仍有多達四百萬人感染。最典型的傳播方式是排泄物中的霍亂弧菌透過蒼蠅進入人們的食物或飲水。這種疾病從感染到死亡，短則一、兩個小時，長則五天。病人會出現腹瀉與嘔吐的症狀，造成嚴重的脫水以及全面的器官衰竭現象，最終可能導致死亡。但今天我們能透過疫苗以及改善環境衛生的方式來預防霍亂，患者也可以透過大量補充水分並投予抗生素等方式加以治療。

雷夫的遭遇有一大部分是因為他「身在一個不安全的地方」。但也如他所言，他這一生都不曾待在安全的地方，可是無論遇到任何情況，雷夫都能接受、面對，並且樂於學習，再加上他有點好運，才能活下來，持續朝著北方前進。

不斷前進。